부글부글
짚대
말하고
싶어요

초판 1쇄 발행 | 2013년 11월 29일
초판 3쇄 발행 | 2014년 10월 2일

지은이 | 문지현 · 박현경
펴낸이 | 이희철
기획편집 | 조일동
마케팅 | 임종호
표지 디자인 | 디자인 홍시
본문 디자인 | 서진원
본문 일러스트 | 김홍
펴낸곳 | 책이있는풍경
등록 | 제313-2004-00243호(2004년 10월 19일)
주소 | 서울시 마포구 월드컵로31길 62 1층

전화 | 02-394-7830(대)
팩스 | 02-394-7832
이메일 | chekpoong@naver.com
홈페이지 | www.chaekpung.com

ISBN 978-89-93616-34-7 03180

이 도서의 국립중앙도서관 출판시도서목록(CIP)은
e-CIP 홈페이지(http://www.nl.go.kr/cip.php)에서 이용하실 수 있습니다.
(CIP제어번호 : CIP2013023332)

이 책은 한국출판문화산업진흥원의 2013년 〈우수출판기획안 지원〉 사업 선정작입니다.

부글부글 십대

말하고 싶어요

문지현 · 박현경 지음

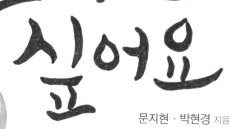

책/이/있/는/풍/경

누군가 내게 손을 내밀어 주었으면

인생에서 어느 한때를 온전히 평화롭고 행복하다고 꼽을 수 있을 까요? 걱정과 혼란, 불안이 잠시도 떠나지 않는 것 같은 삶에서 말이 에요. 그중에서도 특히 힘들게 느껴지는 때는 십대가 아닐까 싶습니 다. 어른이 되어 돌아보는 지금도 아름다운 추억과 부푼 꿈 못지않게 그 시절의 암울한 기억과 좌절된 욕구 들이 떠오르니까요.

그 어려운 시절을 내가 어떻게 헤쳐 나갔을까? 이겨 내기는 했을 까? 쉽게 답이 나오는 질문은 아니지만, 지금 여기까지 온 것을 보면 힘든 순간에도 어떻게든 버텨 내기는 했구나, 이런저런 방법을 써 보 고 나름대로 답을 그때그때 찾았구나 싶습니다.

하지만 가만히 들여다보면 '내가 해낸 거지.' 하는 생각은 어디까지 나 억지이고 사실과는 다름을 깨닫습니다. 나를 버티게 한 수많은 외 부의 힘이 없었다면 어떻게 견딜 수 있었을까요. 내가 갖고 있는 얄 팍한 의지, 빈약한 용기, 초라한 신념이 모두 사라져 갈 때, 나를 향 해 내밀었던 누군가의 격려와 위로가 진정 나를 일어서게 하는 힘이 되었음을 다시금 깨닫습니다.

이 책을 쓰게 된 것도 그 때문입니다. 열심히 이겨 냈음을 자랑하고, "이것 봐, 이렇게 하면 돼! 왜 나처럼 못 하니?" 하고 큰소리치려는 것이 아닙니다. 괴로움과 절망으로 고통스러워하다가 누군가의 도움으로 일어선 시간, 그 시간들을 나눔으로써 다른 이들에게 보탬을 주기 위해서입니다. 십대에 겪을 수 있는 일들을 가능한 한 폭넓게 다루되, 피부에 와 닿는 이야기와 실질적인 조언을 담은 책을 써 보자는 계획은 이렇게 시작되었습니다.

어른이 아니라 십대들의 시선으로

이 책은 저희가 그동안 의뢰받은 상담과 그에 대한 답변을 토대로 구성했습니다. 십대를 위한 잡지 《새벽나라》에 매달 상담 글을 쓴 것이 10년 가까이 이르다 보니 다양한 사례가 쌓였습니다. 각기 다른 삶의 현장에서 서로 다른 성품을 가진 십대들의 아픔과 방황이 모인 거지요. 소개된 상담 글들은 모두 실제 이야기입니다. 직접 상담실에 찾아와 눈물로 토해 낸 이야기도 있고, 구구절절 애타는 사연을 품고 온 메일과 편지도 있습니다. 한숨 어린 넋두리, 절망적인 울부짖음, 무기력한 중얼거림도 기억납니다.

언제나 비슷하게 제기되는 고민들도 있고, 한참 떠오르다가 잠시 가라앉더니 다시 심각해지는 문제들도 있습니다. 그러면서 알게 되었습니다. 십대들이 정말로 원하는 것은 자기 속마음을 내보이고 싶은 것임을. 그들에게는 나만의 독특한 상황을 누군가에게 말하고 싶은 욕망이 가득했습니다. 건성으로 듣고 값싼 위로를 하거나 내가 털어놓은 이야기로 오히려 나를 공격할 사람이 아니라, 믿을 만한 누군가를 찾는다는 것도 알게 되었습니다. 자신의 이야기를 진지하게 들어주고 조언해 줄 사람, 손을 잡고 일으켜 함께 걸어가 줄 사람이 그들에게는 필요했습니다.

비슷한 문제라도 고민은 각기 다른 색깔입니다. 고유하다, 개별적이다 하는 것은 분명 큰 가치임에도 불구하고, 이 때문에 그들은 자기만 혼자 세상에 던져진 것 같은 외로움과 괴로움을 느끼기도 합니다. 또한 그들의 고민 속에는 단순하게 몇 가지 유형으로 나눌 수 없고, 그렇게 해서도 안 되는 저마다 특별한 상황과 성격, 그리고 어려움이 있습니다. 우리는 이 책에서 십대들이 왜 방황하고 무엇을 괴로워하는지, 그 상황에 그들은 어떻게 반응하는지를 보여주는 한편, 그들에게 맞는 대처 방안을 찾아보았습니다.

아울러 청소년들 스스로 길을 찾도록 했습니다. 물론 어렵고 힘들 수도 있겠지만, 스스로 해답을 찾는 과정에서 자신을 깊이 알고 세상을 넓게 이해할 것입니다. 상담이나 심리 전문 서적이 아니어도 문학 작품을 읽으면서 공감하고 자신의 삶을 돌아보며 세상을 살아갈 새로운 힘을 얻는 것처럼 말이죠. 또래들의 삶을 들여다보고 그들의 이야기와 대응 방식을 살피다 보면 내 문제에 대한 통찰도 얻고, 가야 할 길도 찾을 수 있을 것입니다.

더 행복하고 보람찬 삶을 기대하며

청소년 여러분이 결코 혼자가 아님을 깨닫고, 그 어떤 상황에서도, 심지어 이 책에서 미처 다루지 못한 상황에서조차도 견디고 이겨 나갈 수 있기를 바랍니다. 그런 마음으로 이 책을 함께 나누려고 합니다. 실제 고민을 털어놓았던 친구들을 지켜 주기 위해 이름을 바꾸거나 상담 고민을 덜어 낸 부분도 있습니다. 그렇지만 그것이 그들의 본질적인 고민과 그들이 찾는 길을 가리지는 않을 것입니다.

이 책을 내면서 저희의 십대를 되돌아보았습니다. 힘들었던 기억에 다시 돌아가고 싶지는 않지만, 만일 되돌아갈 수 있다면 더 나은 십대를 보낼 수 있을 것 같습니다. 여러분은 저희보다 더 행복하고 보람찬 삶을 살기를 기대합니다. 우리의 미래는 분명 우리의 과거보다 더 나은 것이 되어야 하니까요. 여러분이 고통에서 한 발 멀어지고 희망에 한 발 더 다가설 수 있도록 기도하는 마음으로 이 책을 펴냅니다.

이 책으로 여러분의 오늘이 견딜 만한 순간이 되고, 내일은 기다려지는 미래가 되기를 바랍니다. 그리하여 지난날을 용서하고, 지금의 삶을 이해하며, 자신을 사랑할 수 있기를 희망합니다. 이렇게 할 수 있는 사람의 인생은 얼마나 빛나고 아름다울까요. 얼굴에서 그늘이, 마음에서 어둠이 사라지고, 모든 것을 한없이 사랑하는 청소년들이 날마다 더해 가기를 바랍니다.

Contents

들어가는 글

1
내 마음,
나도 모르겠어요

2
못난 나를 어떻게
사랑할 수 있나요

3

나만의 꿈을
꾸어도 될까요

4

친구인지 적인지
알 수 없어요

5

누군가를 좋아하면
행복할 줄 알았는데

6

내가 쉴 집은
어디에 있을까요

7

왜 절제하지
못하는 걸까요

8

이렇게 괴로운데
견뎌야 하나요

나가는 글

1

내 마음, 나도 모르겠어요

언제 터질지 몰라 두려운 내 안의 괴물
무엇이 나를 힘들고 폭발하게 하는 걸까

잘 해야겠다고 다짐하면서도 돌아서면 이유 없이 화가 치밀어요. 공부하라는 말도 싫고, 반찬 골고루 먹으라는 말도 지겨워요. 학원 끝나면 곧장 집으로 오라는 말을 들으면 폭발할 정도예요.

짜증내는 내가
나도 싫어요
모든 게 마음에 들지 않을 때

반장을 맡고 있는 고3 한별의 고민

제 성격에 문제가 있는 것 같아요. 이유 없이 짜증나고 화가 나거든요.

제가 반장을 맡았는데, 반장이 짜증내면 안 되잖아요. 그런데 사소한 일에도 욱하고, 심지어 누가 저를 부르기만 해도 화가 치밀어요. 반장은 반을 이끌고 반 친구들을 도와야 한다는데, 저도 그러려고 노력하지만 그게 안 돼요.

솔직히 저는 리더십도 봉사 정신도 별로예요. 자존감도 낮고요. 그래도 반장은 꼭 해보고 싶었어요. 그래서 반 친구들에게 나를 반장으로 뽑아 달라고 난리를 치기까지 했죠. 그렇게 반장이 되었는데 이 지경이 된 거예요.

답답하니까 위로받고 싶은 마음이 간절해요. 그래서 일부러 힘든 표정을 지어 보이기도 하죠. 그러면 선생님들이 지나가면서 "반장, 수고한다."고 한마디씩 해 주기도 하거든요.

이런 제 자신이 정말 한심해 보여요. 자신감도 떨어지고요. 이러다가 반을 말아먹는 건 아닌가 싶네요. 늪에 빠져서 다른 친구들도 끌어들이는 꼴 같아요.

자꾸 짜증이 치미는 친구들에게

여러분도 자주 짜증이 치밀어 오르나요?

짜증은 그 자체가 문제는 아닙니다. 하지만 짜증이 자신과 주위에 지속적인 영향을 미친다면 무슨 이유 때문인지 점검해야 합니다. 기침을 할 때 기침 그 자체는 큰 문제가 아니라도, 계속 기침을 한다면 원인을 점검해야 하는 것과 마찬가지입니다. 단순한 감기인지, 혹시 다른 병에 걸린 건 아닌지 확인해야 하거든요. 건강한 사람이 잠깐 기침하는 것은 문제가 되지 않지만, 아픈 사람이 오래 기침을 한다면 심각한 병일 수 있습니다. 짜증도 마찬가지입니다. 잠깐 짜증이 난다면 괜찮지만 알 수 없는 분노와 화가 오래 이어진다면 왜 그런지 곰곰이 따져 봐야 합니다.

한별이가 보내온 글에는 중요한 내용이 숨어 있습니다. 바로 자존감에 관한 것입니다. 짜증은 자기 자신과 주변에 만족하지 못하고 있다는 신호일 가능성이 높아요. 자존감이 낮은 사람일수록 자신에게 불만을 느껴 짜증이 치밀어 오를 수 있거든요. 주변 사람이나 상황이 내 뜻과 다르게 돌아간다면 그 역시 짜증을 자극하지요.

혹시 건강한 사람이 단순한 감기로라도 기침을 오래 한다면 그것 때문에 지칠 수 있다는 사실을 알고 있나요? 짜증도 마찬가지입니다. 짜증이 난다는 말을 달고 산다면, 비록 심각한 문제는 없다 하더라도 점점 더 지쳐 갈 수 있음을 명심했으면 좋겠어요.

"짜증나!"는 흔히 튀어나오는 말이죠. 하지만 이처럼 감정을 날것 그대로 드러내면 곁에 있는 사람은 몹시 불편해지지요. 당사자도 물론 마음이 편치 않겠고요. 이런 불편한 감정이 수면 위로 떠오를 때 여러분은 어떻게 하나요? 이런 감정을 어떻게 다루는지요?

여러분은 짜증날 때 어떻게 하나요

"사랑하며 살려고 노력하지만 내 안에는 내 힘으로 안 되는 괴물이 있는 것 같아요."
내 안에 반듯한 내 모습과 전혀 다른 또 다른 내가 공존하나요? 그렇다면 뜻대로 되지 않는 자신의 마음과 행동으로 인해 괴롭겠네요. 착한 사람으로 살아야 한다는 생각 때문에 더 고민될 테고요. 지금처럼 어느 쪽도 아닌 채 엉거주춤한 상태가 가장 힘든 법입니다.

당장 온유한 자신으로 바꾸지는 못하더라도 그 방향으로 나아가야겠다고 결심해 보세요. 그리고 조금씩 아주 조금씩만 노력하면 좋겠습니다. 갑작스러운 자기 개조는 힘들겠지만, 작은 노력이 쌓이면 그것이 습관이 되고 성품으로도 자리 잡을 수 있을 테니까요.

"착하게 말하는 건 어렵지 않지만 행동은 힘들어요. 말만 한다고 달라지는 건 아니더라고요."

원판 불변의 법칙인가요? 착하게 살고는 싶지만, 어쩔 수 없는 자신의 나쁜 본성을 인정하는 타입인가요? 짜증과 불만을 줄이기로 결심했지만 현실과 부대끼다 보면 원래의 모습에서 벗어나기 어려울 수도 있겠죠. 그러나 이것은 일관성과는 다른 문제입니다. 착하게 산다는 것이 누구에게나 쉬운 일은 아니겠지만, 선한 마음을 품고 착한 행동을 할 때 가장 행복해지는 사람은 바로 자신이라는 사실, 알고 있나요?

성격이 금방 달라지기를 기대하는 것은 무리입니다. 하지만 매일 조금씩 달라지는 것은 얼마든지 가능하고 설정하기에 멋진 목표이지요.

"살면서 늘 편할 수만 있겠어요. 화가 나면 소리치고 답답하면 짜증도 내면서 사는 거죠."

짜증을 내는 이유가 혹시 감정의 기복이 심해서인가요? 현실이 답답할 때 깊이 생각하기보다는 순간의 느낌이나 감정에 따르지는 않나요? 그렇다면 여러분은 '화려한 감정파'라고 불러야겠네요. 짜증을 내는 데에 그치지 않고 할말을 다 하는 타입이라면 자부심도 강한 듯해요.

자신감을 갖는 것은 물론 좋은 일입니다. 하지만 이것이 과해 주변 사람들에게 상처를 준다면 고민해 볼 일입니다. 금방 후회하고 미안해 할 일을 조금 참으며 넘겨 보는 아량을 가지면 어떨까요?

"저는 뒤끝이 없어요. 순간 폭발하지만 금방 잊어버리는걸요."

자주 화내는 사람들이 공통적으로 하는 말이죠. 하지만 여러분은 뒤끝이 없을지 몰라도 그런 여러분과 마주하는 사람은 그 상처로 인해 오랫동안 힘들어 할 수 있어요. 자신의 감정을 표현하는 것은 필요하지요. 하지만 짜증을 들어야 하는 사람의 마음을 생각해 보세요. 한번 짜증을 듣는 거라면 모르겠지만 날이면 날마다 그런다면 얼마나 답답하고 억울하고 덩달아 짜증이 나겠어요?

내 감정이 소중한 것만큼 상대방의 감정도 소중한 것을 알고, 좀더 남을 배려하며 나를 표현하기 바랍니다.

"참고 살아요. 그러다 보면 잊히고, 나중에는 별 것도 아닌 게 되더라고요."

감정 표현을 제대로 하지 않는 친구들도 있네요. 그렇다면 혹시 스트레스를 이겨내는 방법은 알고 있나요? 자신의 감정을 조절할 줄 알고 평정심을 유지한다면 칭찬해 주고 싶어요. 하지만 내면에 남아 있는 찌꺼기들을 바깥으로 내보낼 통로는 만들어 두어야 해요. 하루 종일 집에만 있어도 자잘한 쓰레기는 쌓이는 법이지요. 그 쓰레기는 내다 버리지 않는 한 저절로 없어지지 않고요.

여러분의 마음에도 감정의 찌끼를 내보낼 통로가 필요해요. 운동을 하든, 수다를 떨든, 책이나 영화를 보든, 나만의 스트레스 해소 방법이 있어야겠어요.

"제 성격이 얼마나 좋다고요. 그야말로 같이 있으면 편한 사람이죠."

성격과 인간관계가 좋은 편인가요? 할말이 있으면 차분하게 말하고 그러면서도 남의 감정을 다치지 않게 할 수 있나요? 멋지네요. 모든 사람들이 이럴 수 있으면 좋겠어요. 화를 터뜨려 상대방에게 고통을 주는 것도 아니고, 속에 쌓아 놓아 자신을 힘들게 하는 것도 아니니 말이에요. 이런 성품을 가진 여러분의 긍정적 에너지가 다른 사람에게도 전파될 수 있다면 더 바랄 나위가 없겠어요. 감정은 전염성이 높거든요.

여러분의 즐거운 마음 자세를 자기만의 골방에 갇혀 있는 친구, 힘없이 구석에 내몰린 사람들에게도 전해 보세요. 그럴수록 세상은 더 아름다워지겠죠. 여러분의 힘이 모여 세상이 밝아질 수 있다는 믿음을 가져 봅니다.

내 마음,
언제 터질지 몰라요
나도 모르게 화가 난다면

시도 때도 없이 화가 나는 윤석이

선생님, 화가 나면 참을 수가 없어요. 요즘 제 별명이 뭔지 아세요? 시한폭탄이에요. 대충 짐작 가시죠?

예전에는 그러지 않았어요. 오히려 화를 참는 편이었어요. 동생이 둘 있는데, 동생도 잘 돌본다고 부모님한테 칭찬도 많이 받았죠. 초등학교 4학년 때부터 동생 공부 봐주고, 설거지도 하고, 집안 청소도 하면서 바쁘게 지내 왔어요. 엄마 아빠가 다 일하셔서 저라도 도와 드려야 했거든요.

엄마는 고맙다는 말 많이 하세요. 지금 집안일을 배워 두면 나중에 장가 잘 갈 거라고도 하시죠. 그런데 그 말 들으면 오히려 화가 더 나요. 솔직히 다 필요 없으니 아무도 없는 곳에서 혼자 편하게 지냈으면 좋겠어요.

혹시 제가 화가 나고 분노를 억제하지 못하는 것이 집안일이나 동생 돌보는 거랑 관련이 있는 걸까요? 그렇다고 해도 집안일을 한 게 하루이틀이 아닌데 요즘 들어 왜 갑자기 힘들고 짜증나는 걸까요?

집에서만 화가 나는 게 아니라 학교에서도 그래요. 애들이 조금만 떠들거나 소란을 피워도 신경질이 나요. 그럼 소리를 지르고 말죠. 터뜨리고 나면 곧바로 후회돼요. 하지만 그걸 알면서도 터뜨리지 않고는 못 견디겠어요. 참자니 돌아 버릴 것 같거든요. 이거 혹시 병인가요?

무거운 짐 때문에 불만스럽다면

올해 중학교 3학년인 윤석이는 얼굴빛이 잔뜩 흐려 있어 첫눈에도 심상치가 않습니다. 초등학교 때까지는 참을성 많다고 칭찬도 받았다는 윤석이가 지금은 왜 툭하면 화를 터뜨릴까요?

평상시에도 사소한 일에 성질을 내고, 일주일에 서너 번은 화를 터뜨리는 청소년들이 늘어나, 최근에는 이를 병으로 진단하기까지 하는 추세입니다. 정신 의학적으로는 우울증과 비슷한 정서 장애로 보고 있지요. 겉으로는 화를 내고 있지만 사실은 우울하고 아픈 마음이 문제의 뿌리라고 생각하는 것입니다.

화를 많이 내는 윤석이. 그렇게 뿜어 내는 분노로 누가 가장 크게 피해를 입을까요? 형의 도움이 필요한 동생들일까요? 큰아들을 믿고 집안일을 맡긴 엄마 아빠일까요? 윤석이에게 기대가 컸던 선생님일까요? 윤석이의 고함에 깜짝 놀란 친구일까요? 아닙니다. 가장 큰 피해자는 윤석이 자신입니다. 잔뜩 찌푸린 얼굴로 상담실을 찾은 것부터가 그렇다는 걸 말해 주지요.

윤석이는 내 것을 챙기기보다 늘 다른 사람을 돌보고 챙겨야 했습니다. 남을 배려하는 것은 참 좋은 일이지요. 동생들을 돌보는 것도 마땅하고 귀한 일이고요. 그렇지만 그것이 내 기쁨과 즐거움에서 우러나온 것이 아니라면 상황은 달라집니다. 우울하고 힘들어질 수 있어요. 아무도 없는 곳에서 혼자 편하게 지내고 싶다는 윤석이의 말에는 마음이 짠해지기까지 합니다.

내가 가장 먼저 돌보아야 할 사람은 바로 나 자신, 즉 내 마음과 몸, 그리고 내 생활입니다. 내가 나를 돌보지 않은 채 해야 할 일만 늘 하고 있다면 그 상태는 나무를 베기만 하고 새로 심지 않은 숲과 같다고 할 수 있습니다. 얼마 지나지 않아 그 숲은 더 이상 숲이 아닌 황무지로 변하겠지요.

지금이라도 윤석이가 자신의 마음을 돌보는 데에 집중할 수 있었으면 좋겠습니다. 혼자서는 힘들 수 있으니, 시간을 내어 부모님께도 말씀드렸으면 해요. 가뜩이나 바쁜 분들께 짐을 더 얹어 드릴 것 같다고요? 시한폭탄이 되어 자신과 주변 사람들을 폭탄의 피해자로 만드는 것보다는 낫지 않을까요? 자신을 우울하고 지치게 만드는 짐을 남과 나누어 질 수 있는 지혜가 필요한 시점입니다.

왜 살아야 하는지
모르겠어요

답답하고 의욕이 없을 때

꿈도 삶의 의욕도 없다는 슬기

답답하고 힘들어요. 왜 살아야 하는지 모르겠어요. 그렇다
고 종교적이거나 철학적인 답을 찾는 건 아니에요. 그냥…….
너무나 힘들어 살고 싶지 않은데, 왜 내가 꼭 계속 살아야 하
는지 이유를 모르겠어요.

물론 저도 잘살고 싶죠. 그런데 열심히 공부해도 성적은 늘
나빴어요. 그래서 포기했어요. 그런데 말이에요, 포기하기 전
에도 성적은 나빴지만 포기하니 정말 더하더라고요. 그리고
어쩌다 보니 무용을 배웠는데, 이것도 제대로 하지 못해요.
무용이 내 길인지 확신도 서지 않고요. 하고 싶은 건 연예인
이었어요. 하지만 집안의 반대가 심했죠. 치열한 경쟁도 뚫을

자신도 없었고요. 결국 시작도 않고 마음을 접었죠.

지금은 다시 공부를 시작할 수도 없고, 무용도 신통치 않은 것 같아요. 모든 게 무의미해요. 꿈을 가져야 한다는데 저는 제 꿈이 뭔지도 모르겠어요. 또 말이에요, 어른들은 남을 돕고 살아야 한다, 사랑을 베풀고 살아야 한다고 말하잖아요. 그런데 세상에는 왜 이렇게 저처럼 불쌍한 사람이 많은 걸까요?

왜 저는 세상에 혼자 남겨진 것처럼 느껴지죠?

삶의 이유를 찾지 못한 친구들에게

고등학교 1학년인 슬기는 살고 싶지 않은 마음과 살고 싶은 마음 사이에서 갈등하고 있습니다. 지치고 힘드니까, 해도 안 되는 것 같으니까, 돌아가기에는 너무나 늦은 것 같으니까 모든 것을 내려놓고 싶죠.

결정을 내리는 그 자체보다 이것으로 할까, 저것으로 할까 갈팡질팡하는 순간이 훨씬 더 힘들고 고통스러운 법입니다. 등산하는 장면을 떠올려 보세요. 산꼭대기라는 목표를 앞에 두고 숨이 턱에 닿도록 산길을 오르는 것과, 날은 어두워지는데 이 길이 맞는지 저 길이 맞는지 알지 못한 채 서성이는 것 중 무엇이 더 괴로울지 생각해 보세요.

연예인, 무용, 공부를 비롯한 여러 가지 길 앞에서 슬기는 어느 길도 선택하지 못한 채 서성거리느라 진을 빼고 있습니다. 혹시 각각의 길에 선 사람들 중 본받고 싶은 분이 있나요? 그들의 모습과 슬기는 얼마나 가까워질 수 있을까요? 그리고 그 길을 슬기는 즐겁고 힘차게 걸어갈 수 있을까요? 슬기의 마음을 이해해 주는 사람들과 의논하면서 가야 할 길을 구체적으로 살펴보아야만 합니다.

왜 살아야 하는지는 나이가 든다고 저절로 아는 것은 아니랍니다. 의미 있는 삶, 이유 있는 삶은 목적이 있는 삶과 연결되지요. 목적이 분명하지 않으면 삶의 거친 길을 걸어가기가 힘듭니다. 베스트셀러 《목적이 이끄는 삶》에서 저자는 목적이 가진 힘을 이렇게 설명합니다.

"목적은 열정을 낳는다. 뚜렷한 목적만큼 힘이 되는 것은 없다. 반대로 목적이 없으면 열정은 소실된다. 침대에서 일어나는 것도 엄청난 부담이 될 수 있다."

슬기의 지친 눈에는 아무것도 보이지 않을 것입니다. 하지만 구름이 가린다고 해서 해가 없어진 것이 아니듯, 고통스럽다고 해서 희망이 사라진 것은 아닙니다. 이 시기를 겪으면서 진지하게 삶의 의미를 생각할 수 있어요. 삶의 의미는 그것을 묻고 찾는 사람만 얻을 수 있답니다.

누구나 삶의 의미를 말할 수는 있지만, 그것이 슬기에게 다 도움되지는 않을 테지요. 그중에는 정답처럼 보이는 것도 있고 솔깃해 보이는 것도 있을 거예요. 그렇지만 그것은 슬기만의 것이 아닙니다. 삶의 목적과 이유를 찾으려면 더 많은 질문이 필요해요. 나는 어떨 때 행복을 느끼나? 내 일상을 그린다면 어떤 그림일까? 처해 있는 환경, 해내는 역할, 재능이나 강점 들을 적어 본다면 어떤 이야기가 될까?

여기서 한 발 더 나아가, 어떨 때 감사함을 느끼는지 돌아보면 좋겠습니다. 생일 선물을 받아 감사할 수도 있겠죠. 반대로 선물은 주지 않아도 곁에 있어 주는 친구에게 감사할 수 있지요. 감사한 것들을 찾다 보면 고단한 일상이 기지개를 켜면서 일어나는 것을 느낄 수 있습니다. 한마디로 똑 떨어지는 삶의 의미를 찾지는 못할지라도 그런 질문 자체가 내 인생을 가치 있게 만든다는 점을 잊지 마세요.

단, 한 가지 조심해야 할 것이 있어요. 답이 없는 질문 자체에 매달리면서 악순환의 고리에 빠져서는 안 된다는 거지요. 질문을 해도 계속 답답하고 암울한 상태라면 고민을 혼자 끌어안기보다는 나를 이해해 주는 친구나 가족, 선배와 이야기를 나누어 보는 편이 오히려 도움됩니다.

다들 나더러
가식적이래요

친구가 내 마음을 몰라줄 때

'도대체 왜 나를 외면하는 거야?'

　고등학교 2학년이고, 동우라고 해요.

　대인 관계가 너무 힘들어 찾아왔어요. 친구들은 많아요. 반 애들도 저를 성격 하나는 정말 좋은 친구라고 생각할 거예요. 그런데 그런 제 모습이 자연스럽지 않다는 게 문제예요.

　저는 사실 내성적이거든요. 잘은 모르겠지만, 친구들과 어울리고 그 친구들의 시비나 농담을 모두 받아 주기에는 제 마음이 너무 약한 것 같아요. 저는 밝고 명랑한 성격을 갖고 싶었어요. 그래서 그렇게 되도록 노력했고요. 그런데 제가 아무리 노력해도 심술부리거나 화내는 애들은 있거든요. 얼마 전에는 진짜 심한 일이 생겨 엄청 우울했어요. 지금도 그 생각을 하면 죽고 싶을 정도예요.

잘난 척하는 게 아니고요, 사실대로 말할게요. 제가 공부는 꽤 잘하는 편이거든요. 그래도 노는 애들과도 허물없이 어울려요. 뭐 그런 거 있잖아요. 그런 애들과 친하게 지내면 멋져 보이는 거. 그러면서 또 그 애들을 이끌어 주고 싶은 마음도 있었어요. 그런데 얼마 전부터 그 애들이 나를 자꾸만 피하더라고요. 그래서 더 다정하게 대해 주었어요. 그랬더니 나를 불러내서는, 가식적이고 재수 없다며 욕을 하는 거예요. 너무나 어이가 없어 애들을 밀치고 집에 왔어요.

그런데 집에 와서 생각해 보니 그렇게 끝내면 안 될 것 같더라고요. 그래서 그 애들 중 한 명에게 전화했어요. 최대한 자존심 죽이고, 내 문제가 뭐냐, 다 고치겠다고 말했죠. 그런데 그 친구가 코웃음 치면서 이러는 거예요.

"너는 무조건 안 돼. 구제불능이니까 아는 체도 하지 마."

지금껏 쌓아 온 게 모두 무너지는 기분이었어요. 전화를 끊고 나니 죽고 싶더라고요. '내가 없어지면 어떻게 될까? 그러면 그 애들이 후회하거나 미안해 할까?' 하는 생각이 들었어요. 그러고 나니 사람들 얼굴 보는 것도 창피하고, 모두가 의심스러워졌어요. 사람을 자꾸 피하게 되고요. 이제는 자살하는 사람의 심정도 이해가 가요.

어떻게 이 관계를 풀어야 할지, 그리고 앞으로는 친구들을 어떻게 대해야 할지 정말 모르겠어요. 답답해요. 도와주세요.

뜻밖의 반응에 상처를 입었다면

동우의 이야기를 들으면서, 그래 맞아, 인간관계란 참 복잡하지 하는 생각이 들었어요. 나이가 많든 적든, 남자든 여자든 복잡하지 않은 인간관계란 없어 보입니다. 인간관계는 상호적이라는 특성이 있지요. 그래서 때로는 내 노력에도 불구하고 결과가 나쁠 수 있습니다.

어른들이 차를 운전하는 것을 생각해 보세요. 나 혼자 차선과 신호 잘 지키며 안전 운전하면 사고가 나지 않을까요? 아니죠. 나는 열심히 한다고 해도 문제가 생길 수 있어요. 반대로 운전을 엉망으로 했는데도 천만다행으로 사고가 나지 않기도 하지요. 그렇다고 해서 그렇게 운전해도 괜찮은 건 아니에요. 신호를 위반하거나 음주 운전을 하면 사고 날 확률이 확실히 높아지니까요. 인간관계도 운전과 비슷한 점이 많습니다.

자신을 바꾸고 희생하며 노력해도 상대방이 몰라주고, 도리어 가식적이라고 몰아붙인다면 어떤 기분일까요? 가장 먼저 찾아오는 것은 후회와 자책이겠죠.

'왜 바보같이 그 애들을 챙기려고 했을까? 그 자리에서 그렇게 당하고도 집에 와서 왜 또 전화해서 이런 꼴을 당했을까? 나란 놈은 정말 한심해.'

이런 생각에 고통스러울 수 있겠지요. 그러나 이 생각은 자

신만 힘들게 할 뿐입니다. 가슴을 쥐어뜯는 고통에 허덕이고 싶은 사람은 아무도 없을 거예요. 그러니 감정적인 수고에 시달리기보다 자신을 돌보기로 결심했으면 좋겠습니다.

전화위복이라는 말이 있죠. 지금 당한 것은 화인데 나중에는 그것이 복이 되는 거죠. 이 말은 마음 아픈 사람을 위로하려고 지어낸 거짓말이 아니랍니다. 살다 보면 실제로 이런 경우를 종종 겪습니다.

내가 겪은 일도 좋은 결과를 이루려는 예비 과정일 수 있답니다. 누가 알겠어요? 그런 친구들과 거리를 두는 것이 자신을 돌아보고 친구들과의 관계를 돌아보는 계기가 될지. 혹은 그 친구들과 화해하는 과정에서 서로를 더 깊이 이해하고 발전하는 길을 찾을 수 있고요. 둘 다 아니라 하더라도 그런 시간을 거치면서 동우는 갈등과 고통을 극복하는 자기만의 방법을 찾을 수 있을 거예요.

먼저 마음의 중심을 잡아 보세요. 그래야 자신의 자연스럽고 솔직한 모습을 드러낼 수 있고, 남들의 오해나 비난에도 상처받지 않을 수 있습니다. 시간이 지나면 지금의 상처와 고민이 내 삶의 흔적이었으며, 전혀 예상하지 못했던 축복의 과정이었음을 깨달을 거예요. 비난한 그 친구들도 마찬가지이죠. 시간이 흐르고 그 친구들이 충분히 성숙해지면 내 노력이 귀한 것이었음을 깨닫고 돌아볼 날이 반드시 올 거예요.

혹시 그 친구들이 끝까지 몰라주더라도 너무 속상해 하지는 마세요. 인생은 한 시점의 일로 결정되지 않아요. 그들이 나를 외면한다 해도 내게는 그 과정을 지켜본 또 다른 친구와 가족, 그리고 소중한 사람들이 있으니까요. 내 수고가 헛되지 않았음을 다른 관계들을 통해 확인할 거예요.

그리고 하나 더. 이 일을 계기로 동우가 자신의 성격을 돌아보았으면 합니다. 성격은 매일의 일반적인 상황에서 '나'라는 한 사람을 특징짓는 감정적, 행동적 경향을 말합니다. 잠자고 일어나 밥 먹고 학교 가서 공부하다가 친구와 놀다가 집에 돌아와 가족과 어울리면서 하루를 마무리할 때와 같은 평범한 일상에서, 내가 어떤 식으로 느끼고 행동하는가가 성격이랍니다.

성격은 내가 세상을 보는 틀이 되고, 사람들과 관계를 맺는 바탕이 되지요. 내가 어떤 성격을 갖고 있으며, 그런 내 모습을 내가 어떻게 받아들이는지, 내 성격이 내 생활에 방해되지는 않는지 점검하는 것은 건강한 삶을 가꾸는 준비 운동에 해당합니다.

여러분의 성격은 어떤가요

"친구들과 원만하게 지내고 싶지만 어색하기만 해요."
친구를 사귀기에는 표현력과 사교성이 부족하다고 자신을

탓하지는 않나요? 사귀고 싶은 마음이 없는 건 아닌데 방법 면에서 부족하다고 느끼는 모양이에요. 만일 성격적으로 사람들과 사귀기를 싫어하는 게 아니라면 그나마 다행입니다.

친구를 갖고 싶어하는 마음이 있다는 건 좋은 재료를 갖고 있는 것과 같습니다. 문제는 생각을 담는 방식입니다. 아무리 좋은 재료를 가졌더라도 어떤 식으로 전달하느냐에 따라 결과는 달라져요. 적절하게 자신을 드러내며 상대방과 조율해 보는 연습을 잊지 마세요. 유머와 칭찬이 대화의 활력소가 된다는 점도 명심하고요.

"내성적인 나, 너무 싫어요. 성격도 고칠 수 있지 않나요? 제발 나 좀 바꿔 주세요."

내성적인 자신을 싫어하네요. 그것을 바꾸고 싶다면 좋은 소식이 있어요. 성격도 고칠 수가 있다는 사실. 비록 쉬운 일이 아니지만 연습과 노력으로 안 되는 게 없다는 것, 알고 있겠죠?

이것만으로 충분하지 않다면 좋은 소식을 하나 더 추가할게요. 성격을 고치는 데에 반드시 필요한 요소를 이미 갖추고 있거든요. 그것은 바로 '어떻게든 달라지고 싶어.'라는 생각입니다. 변화 욕구는 달라질 수 있는 가장 중요한 계기입니다. 꾸준히 자신을 표현하고 남들에게 한 발씩 다가간다면 내가 원하는 모습으로 조금씩 나아갈 수 있답니다.

"활발하게 행동은 하지만 영 불편해요. 맞지 않는 옷을 입은 기분이에요."

일반적으로 사람들은 활달하고 리더십 있는 사람을 좋아하죠. 그래서 다들 그렇게 행동하려는 경향이 있고요. 하지만 자신과는 다른 모습을 억지로 가장하다 보면 힘들고 불편해지기 마련입니다. 자신을 소진하지 않도록 적절한 범위를 정하는 것이 중요하죠.

아무리 친구들과 잘 지내는 것처럼 보여도 내 안에 기쁨이 없으면 남들도 차츰 뭔가 빠져 있다는 걸 눈치 챌 겁니다. 다른 사람과 잘 지내려고 노력하듯 나 자신의 내면에서 들려오는 음성에도 귀를 기울여 보세요.

"나는 타고난 외향적 성격이에요. 어디를 가나 분위기 메이커인걸요."

외향적인 성격에다 주도적인 친구들도 있겠군요. 활달하고 능동적이며, 게다가 친구도 많다고요? 씩씩하고 발랄하면서 리더십까지 갖추었네요. 스스로 만족할 뿐만 아니라 주변 사람들도 행복하게 한다니 박수쳐 주고 싶습니다. 이런 모습이 변함없이 이어지기를 바랍니다.

한마디만 덧붙인다면, 다들 나와 같은 성격을 가질 수는 없다는 엄연한 사실을 잊지 마세요. 밝은 성격에 소심한 친구들을 배려하는 마음까지 갖춘다면 더할 나위가 없을 거예요.

"그다지 활발하지는 않아요. 그래도 친구들과도 잘 지내고 할 말은 하고 살지요."

앞장서는 것은 아니지만 할말은 하는 성격이네요. 다른 사람들과 어울리고 자기 목소리도 분명하게 내는군요. 하지만 앞에 나서기보다는 무리 안에 섞이는 것을 더 편하게 생각하네요. 그렇다고 걱정할 일은 아니에요. 앞으로 나서야만 리더십이 있는 것은 아니거든요. 드러나지는 않지만 누군가에게 영향력을 미치는 것 역시 또 다른 형태의 리더십이지요. 더구나 그런 능력은 쉽게 가질 수 있는 것도 아니에요. 자신의 성격을 개조하려 하기보다는 좋은 영향력을 미치는 능력을 더 키우는 것이 바람직한 선택이랍니다.

지금도 힘든데
삼수하라고요

운명 탓이라고 말하고 싶을 때

점괘 때문에 좌절한 재수생 민재

해서는 안 되는 생각을 자꾸만 하는 것 같아 걱정이다. 이게 다 엄마가 내 사주팔자를 본 것 때문에 생긴 일이다.

요즘 우리 집이 여러모로 힘들다. 아버지는 장사가 힘들고, 누나는 직장을 옮겼다가 관둔 뒤 공무원이 되려고 공부 중이다. 엄마는 식당일로 팔, 다리, 허리, 아프지 않은 데가 없다. 그런데 나는 재수한답시고 서울에 떨어져 있으니 엄마가 보기에 답답했나 보다. 점까지 봤으니.

점을 봤으면 엄마만 알고 있지 왜 나한테 말을 옮기는지 모르겠다. "점쟁이가 신통하더라." 엄마가 시작했다. "우리 집 일 다 맞추던데." 엄마는 점괘를 하나씩 말했다. 그리고 그게 내

발목을 잡았다. 점쟁이 말로는 나는 올해 한 번 더 실패하고 내년에 시험에 붙는단다. 그 말을 전하며 엄마는 올해는 너무 애쓰지 말고 건강이나 챙기란다. 정말 황당했다.

"어디 가서 그런 엉터리 소리나 듣고 와서 공부하는 사람 속을 뒤집어 놔!"

화를 냈다. 하지만 엄마가 알려준 나의 미래가 생각에서 떠나질 않는다. 어차피 올해는 안 될 걸 괜히 고생할 필요가 있나 싶고, 삼수를 하려면 쉬엄쉬엄 해야 하는 게 아닌가 싶기도 하다. 무시하고 잊어버리려고 해도 자꾸 생각난다. 엄마가 원망스럽고 점쟁이는 정말이지 죽이고 싶도록 밉다.

운명 때문에 고민하는 친구들에게

암시는 간접적으로 넌지시 어떤 의견을 전달하는 방법입니다. 암시가 효력을 갖는 것은 암시를 주는 사람이 자신만만하고 권위 있으면서도 동정적인 태도를 취할 때라고 합니다. 그 점쟁이 말이에요. "다 알아. 이런 거 잘 보거든. 그동안 힘들었지? 나만 믿어 봐. 내가 다 해결해 줄게." 아마 이런 식으로 말하지 않았을까요.

암시를 받는 대상은 암시를 주는 사람을 믿기 때문에 논리를 떠나 감정으로 암시된 내용을 액면 그대로 받아들입니다.

민재 엄마를 보세요. 점쟁이의 말이 맞고 틀리고를 떠나, 그 사람 자체를 믿고 있습니다. 그래서 앞뒤 재지 않고, '맞을 거야. 이분은 나를 도와줄 거야.'라는 암시를 받아들이는 거지요. 특히 불안하거나, 정서적으로 미숙하거나, 나이가 어리거나, 지적 수준이 떨어지는 사람이 암시에 쉽게 걸린다고 합니다.

물론 암시가 무조건 나쁜 것은 아니고, 도움되는 경우도 있지요. '나는 이 상황을 이겨 낼 수 있어.'처럼 긍정적인 자기 암시는 잘못이라고 할 수 없습니다. 하지만 암시가 나의 진짜 생각과 상황을 바꾸지는 못합니다. 도리어 암시는 생각의 폭을 좁힐 수 있습니다. 불안하고 힘들 때 누구나 흔들리게 마련입니다. 암시로 받는 도움은 진통제처럼 잠깐 동안 고통을 잊게 하는 순간의 위로에 불과합니다.

민재의 상황을 더 들여다보죠. 점괘의 영향을 받아 정말로 공부에 힘을 빼고 건강 관리만 한다면 어떻게 될까요? 특별한 일이 없는 한 올해 입시에서 좋은 성적을 올릴 수는 없겠죠. 점쟁이의 말이 공교롭게도 이루어진 거네요. 내년에는 '올해는 꼭 된다고 했으니까!' 하면서, 그동안 다져 놓은 체력을 바탕으로 열심히 공부한다면 어떨까요? 역시 점쟁이의 말처럼 시험에 좋은 결과를 얻을 수 있겠죠.

이를 점쟁이의 신통한 예언이라고 받아들일지, 암시를 받아들여 영향을 받은 결과라고 할지 선택은 전적으로 자신에게 달려 있습니다. 결국 상황도 생각도 점쟁이에게 달려 있지 않다는 말이죠.

점이나 미신은 곳곳에 널려 있습니다. 신문이나 잡지에 실린 오늘의 운세, 새로 시작하는 영화 촬영장에서 지내는 고사상 위에 놓인 돼지머리, 사람들이 많이 모이는 곳에 흔한 타로 카드……. 그만큼 사람들이 이런 미신적인 수단에 기대고 있다는 말이겠죠. 여러분도 그런 편인가요?

운수나 팔자를 어떻게 생각하나요

"점괘가 그렇다면 운명이라 어쩔 수 없는 것 아닌가요?"

여기에 이르렀다면 걱정이 앞서네요. 자신은 뒤로 빠진 채 남에게 내 인생의 키잡이를 시키는 것이나 마찬가지이니까요. 불안하고 자신감이 없어서 무언가에 기대고 싶은가 본데요, 그 마음이야 이해합니다. 그러나 기대려는 대상이 무엇인지 들여다봐야 해요.

만일 다리가 아파서 지팡이에 기댔는데 그것이 갈대로 만든 지팡이였다면 어떻게 되겠어요? 미처 기대기도 전에 휘어지거나 부러지겠죠. 기대다 넘어지면 창피할 뿐만 아니라 심하면 다칠 수도 있지요. 점괘는 보기에만 그럴 듯한 갈대 지팡이에 불과할 가능성이 큽니다.

"미신이라도 재미있지 않나요? 참조하는 거죠."

점괘에 집착하지는 않지만 조금씩 참조하는 이들도 있겠죠. 일부러 점쟁이를 찾아다니지는 않지만, 누군가 운명이라고 말해 주면 조금 솔깃해 하는 부류 말입니다. 좋은 게 좋은 거지 할 수도 있겠지만, 자신감과 미신 사이에 양다리를 걸치다 보면 낭패를 당하기 쉽습니다. 친구를 사귈 때도 양쪽으로 마음이 갈려 모두 다 챙기려다 보면 외톨이가 되기도 하잖아요.

때로는 어느 한쪽으로 마음을 정할 필요도 있어요. 좀더 자신감을 갖고 타인이 말하는 운명에 나를 내맡기지 않도록 주의하면 좋겠어요.

"사주는 사주일 뿐이에요. 일반적인 얘기니까, 나와는 맞을 수도 있고 틀릴 수도 있어요."

선을 바르게 긋고 있는 것처럼 보이네요. 하지만 그 안을 들여다보면 여전히 헷갈리는 부분이 엿보입니다. 허용하는 부분이 넓어진다면 어떻게 될까요? 슬금슬금 자라나 나중에는 마음의 앞자리를 차지할 수도 있답니다.

'점괘를 믿지는 않아. 하지만 호기심은 어쩔 수 없잖아. 심심풀이로 보는 건 괜찮아.'라고 생각하나요? 사주나 점괘를 보는 사람들 가운데 그것을 철석같이 믿는 사람은 많지 않습니다. 그러나 막상 거기에서 좋은 이야기나 나쁜 이야기를 들으면 신경이 쓰일 수밖에 없습니다. 그러니 점괘에 대한 호기심은 과감하게 접어 두고, 그 에너지를 자신의 삶을 윤택하게 할 다른 건강한 호기심으로 바꾸면 어떨까요.

2

못난 나를 어떻게 사랑할 수 있나요

남들과 비교할수록 점점 더 작아지는 나
이런 내가 밉고 앞에 나서기도 두렵다면

거울을 봐도 아무런 희망이 없어요. 왜 이렇게 태어난 걸까요? 바보 같지만 스트레스를 푸는 방법은 먹는 것밖에 없어요. 그럴수록 몸매는 더 심각해지고요. 이제는 거울 보는 것도 무섭네요.

언니랑 비교되는 건
정말 싫어요

잘난 형제자매 때문에 힘들 때

언니와 비교되는 게 싫어요

　민지는 귀여운 중학교 여학생입니다. 까무잡잡한 얼굴에 쌍꺼풀 없이 가늘고 긴 눈, 조그마한 코. 빼어난 외모는 아니지만 그래도 사랑스럽고 예쁜 소녀입니다. 그런 민지의 얼굴은 불만이 가득하고 우울해 보입니다. 조금만 웃어도 훨씬 더 예쁠 민지를 누가 힘들게 했을까요?

　"선생님, 우리 언니는 저보다 훨씬 예쁘고 공부도 잘해요. 그런 언니가 자랑스럽기도 하고 부럽기도 해요. 어렸을 때는 언니와 사이가 좋은 편이었어요. 하지만 이제는 언니가 미워요."

"왜? 언니가 못되게 굴기라도 하나요?"

"아니요, 엄마 아빠가 자꾸 차별하거든요. 아무리 자매라도 다른 건 어쩔 수 없잖아요. 그런데 엄마 아빠한테는 언니가 기준이고 저는 언제나 미달이에요. 엄마 아빠는 무슨 일을 해도 '언니처럼만 해라.' 혹은 '언니는 그렇지 않은데 너는 왜 그 모양이냐?'라고 하세요. 그러니까 언니까지 싫어진 거죠."

"언니처럼 되려고 노력도 했겠네요?"

"물론요. 저도 나름대로 열심히 살거든요. 그런데 언니는 그렇게 태어났고, 저는 아닌 걸 어떡해요? 같은 시간을 공부해도 언니는 100점을 받는데 저는 80점을 넘기기가 힘들어요. 얼굴이나 몸매는 그렇다 쳐도 성적은 노력하면 올라갈 법도 한데 전혀 아니에요."

"언니는 어떤 타입이에요?"

"진짜 완벽하죠. 모든 면에서요. 성격까지 좋아요. 엄마 아빠한테 둘을 비교하지 말라고 하는 것도 언니예요. 저는 삐지면 꽁해져서 말도 안 하는데 언니는 말도 어쩜 그렇게 잘하는지……. 제 장점을 억지로 찾아 갖다 붙이면서 '민지도 이런 점이 있으니까 비교하지 말고 칭찬해 주세요.' 하거든요. 듣자니 완전 민망해요."

"언니가 그런 말 하면 더 예민해질 수도 있겠는데요?"

"예. 엄마 아빠가 비교하고 편애하는 것도 기분 나쁘지만, 막상 아무것도 보여줄 게 없는 제 자신이 초라하게 느껴져요. 거울을 보기도 싫을 정도니까요. 게다가 요즘에는 살까지 많이 쪘어요. 이러다간 엄마 아빠한테 몸매도 지적당하고 비교 당할지 몰라요."

지금 형제자매 간 비교로 힘들다면

하늘 높이 떠 있는 달보다 건물 사이에 보이는 달이 더 커 보입니다. 건물들이 비교 기준이 되어 달의 크기를 가늠할 수 있기 때문이지요.

사람 역시 다른 사람과의 비교로 자신을 봅니다. 천 원을 가진 사람은 그 자체로 만족하다가 만 원 가진 사람이 나타날 때 기가 죽을 수 있어요. 예쁜 여학생은 콧대를 높이다가 예쁜데다가 공부도 잘하는 여학생이 나타날 때 스스로 초라하게 느끼기도 하지요. 사람은 다 똑같다고 하고, 누구나 평등하다고 들었는데……. 고개가 갸우뚱해집니다. 상담실을 찾은 민지도 이런 문제로 고민 중입니다.

나와 언니의 차이, 그 자체만으로도 충분히 힘든데 엄마 아빠마저 상처를 자극합니다. 더구나 그런 차이를 내가 모르고 있는 것도 아닌데 말이죠. 민지는 지금의 상황을 어떻게 풀어야 할까요? 여러분이 민지와 같은 처지라면 어떻게 할까요?

노력 불사 형으로 갈 수 있겠죠. '편애의 원인은 차이. 어떤 노력을 해서라도 언니와 나 사이의 간격을 줄여 보리라.' 하고 말이죠.

이 경우 한 가지 짚고 넘어가고 싶습니다. 길을 찾는 여정에서 언니에게게만 기준을 두지 말았으면 합니다. 이미 엄마 아빠만큼 민지도 '언니만큼'에 익숙해져 있을 가능성이 있거든요. 나중에 그 '언니만큼'이라는 기준을 잃는다면 '지금까지 내가 뭘 하고 있었나?' 하며 뿌리부터 흔들릴 수 있습니다. 다른 사람을 기준으로 삼는 것이 아니라 나를 키우는 나만의 건강한 기준을 세우기를 권합니다.

물론 이런 노력을 하는 도중에라도 부모님의 비교는 여전히 언짢을 수 있어요. 그럴 때면 화가 나고, 부모님께 대들며 잘못을 지적하고 싶겠지요. 그런데 말이에요, 엄마 아빠는 민지의 비판을 반항이나 변명으로 생각하고 흘려들을 수가 있어요. 사실 비난과 비판으로 상대를 바꾼다는 건 실현 가능성이 거의 없습니다.

비난하는 말을 들었을 때 그 말로 달라진 적이 있었나요? 아니죠. 더 화만 나죠. 그런데 그건 부모님도 마찬가지예요. 내가 화낸다고 달라지지 않아요. 그러니 그보다는 엄마 아빠에게 반응하는 자신을 바꿔 보세요. 화를 내기보다는 차분하게, "알겠어요. 저도 노력하고 있어요. 그러니 비교만 하지는 마세요." 얘기하는 거예요. 오히려 그 말로 엄마 아빠의 태도가 조금이라도 달라질 수 있을 거예요.

한 가지 주의할 점이 있어요. 혹시 시녀 증후군이라는 말

들어봤나요? '내가 따라갈 수 없는 무언가가 그 사람에게 있어. 안 되는 건 안 되는 거야.'라고 생각하는 것 말이죠. 내 자리는 항상 구석이고, 내 역할은 항상 들러리라고 생각하나요? 그렇다면 포기하고 안주하는 바로 그 태도를 바꿔 볼 것을 권하고 싶어요. 체념하듯 내 자리를 받아들이는 마음은 어떤가요? 그곳에 들여다보기 싫어 꾹 눌러 놓은 열등감이 자리 잡고 있지는 않나요? 화가 많이 쌓여 있지는 않나요?

이런 마음을 언니와 진솔하게 이야기해 보세요. 언니의 입장에서 나를 바라볼 수 있는 기회도 필요하거든요. 서로의 생각을 나누다 보면 언니도 내게 부러워하는 점이 있다는 걸 알게 될지 몰라요. 언니 역시 완벽하지 않은 사람인 것도 깨닫고요. 자매간이라면 이런 시간도 한 번쯤 가져 볼 만한 것 같아요.

자신의 가치를 인정하고, 스스로를 아껴 주고 보듬어 주는 마음을 자존감이라고 합니다. 자존감은 자신을 존중하는 마음으로 바라보는 시각을 포함합니다. 자존감이 망가지면 깨진 거울로 내 모습을 보는 것처럼 못난 점은 더 못나 보이고 잘난 것은 하나도 없다는 생각에 짓눌립니다. 늘 기죽어 있고, 눈치보고, "난 안 돼."라는 말이 입에 붙어요.

내가 정말 뭘 해도 안 되는 존재인가요? 그렇지 않아요. 신은 나를 독특하고 놀라운 존재로 창조하셨어요. 그리고 그 사실은 내가 나의 가치를 충분히 인정하지 못한다고 해도 달라지지 않습니다. 민지는 사랑받기 위해 태어난 사람입니다. 여

태까지 나를 사로잡고 있던 선입견을 내려놓고, 새로운 시각
으로 자신을 보기를 바랍니다.

거울을 보며 "나는 신의 위대한 작품이야. 마땅히 사랑을
받을 수 있어."라고 스스로에게 말해 보세요.

남들 앞에 서는 게
두렵고 힘들어요

용기 없는 자신이 못마땅하다면

반장으로 나서기가 힘든 경수

선생님, 저는 중학교 2학년 남학생입니다.

해마다 학년이 바뀌는 것, 저는 그것이 세상에서 가장 큰 걱정이에요. 왜냐고요? 새로운 생활에 적응하기가 두렵고, 새로운 친구를 사귀기가 힘들어서죠. 설상가상으로 엄마 아빠의 채근 때문에 반장 선거에도 나가야 합니다. 벌써부터 어떻게 발표해야 할지 공포증에 사로잡혀 있어요.

아빠는 군인이고, 엄마는 선생님이에요. 그러니 제가 말 잘하고 씩씩할 거라고 기대하죠. 하지만 저는 앞에 나가는 것은 둘째치고 짝이랑 이야기하기조차 힘들어요. 말 더듬는 것도 모자라 손까지 떨거든요.

그런데도 엄마 아빠는 사내 녀석이 반장 한 번 해보지 못하느냐면서 자꾸 선거에 나가라고 들볶는 거예요. 죽을 맛이죠. 중학교 1학년 때에는 출마하지 않고도 선거에 나갔다고 거짓말했어요. 물론 들통나서 엄청 혼났지만 말이에요. 올해는 꼭 나가 보라 하시는데, 생각만 해도 심장마비 걸리겠어요.

사람마다 성격이 다르고 개성도 각각이잖아요. 저는 조용히 사는 게 좋다고요. 반장 선거에 나간답시고 친구들 앞에 섰다가 말 더듬고, 결국 한 표도 얻지 못한 채 떨어지면 무슨 망신이에요. 생각만 해도 깜깜해져요. 그런데 엄마 아빠는 무조건 도전해 보라고, 나가서 안 돼도 괜찮다고 해요. 그건 두 분 생각이죠. 전 정말 싫단 말이에요. 그놈의 반장 선거 때문에 이제는 학교도 가기가 싫을 정도예요.

앞에 나서기가 두려운 친구들에게

상담실에 오기까지 엄청난 용기가 필요했다는 경수. 하지만 고민을 꺼내기 시작하자 경수는 말을 더듬기는커녕 자기가 얼마나 고통스러운지 유창하게 쏟아 내기 바빴습니다. 한참을 듣다가 질문했죠.

"그런데 지금은 더듬지 않네요?"

그 순간 경수의 얼굴이 빨개지면서 긴장하는 표정이 역력

했습니다.

"그, 그건, 제가 할말을……. 음, 잠시만……. 아 맞다, 그건 제가 말을 하면 선생님은 귀 기울여 들어주실 거고, 해결해 주실 거라고 생각하기 때문이죠."

"가족이나 친한 친구와 이야기할 때에도 말을 더듬나요?"

"항상 그런 건 아니고 처음 만나는 사람에게 말 걸 때, 앞에 나가 자기소개를 하거나 발표할 때만 그렇죠. 그런데 첫인상이라는 게 중요하잖아요. 말 더듬는 걸 보여주면 내내 그런 인상을 줄 테니까 어떻게든 더듬지 않으려고 노력해요. 그런데 잘하려고 결심할수록 더 말을 더듬고 식은땀이 나는 거예요. 몸을 떨고 땀 흘리며 헤매는 게 제가 생각해도 한심해요."

말을 들어보니, 경수는 자기 이해나 자신감이 부족하기보다는 다른 이유로 힘들어 하는 듯했습니다. 그렇다면 경수는 지금 어떤 상황일까요?

경수는 자기가 경험하는 감정을 '공포'라고 표현했는데, 정확한 단어 선택입니다. 사람들과 함께 있을 때 느끼는 불편한 느낌을 사회 공포증 또는 사회 불안이라고 합니다. 사회 불안은 말 그대로 사회적인 상황, 즉 사람들 앞에서 이야기하거나 행동할 때 느끼는 불안이거든요.

사회 불안을 갖는 사람들은 저마다 특별히 더 힘들어 하는 상황이 있습니다. 어떤 사람은 발표하기 힘들어 하고, 어떤 사람은 다른 사람과 함께 밥 먹는 것을 힘들어 하지요. 사람들 앞에서 글씨 쓰기를 힘들어 하는 경우도 있습니다.

만일 이런 불안을 느끼고, 이것이 일상생활에 심각한 영향을 미친다면 병원을 찾아 정확한 진단과 치료를 받아야 합니다. 왜냐하면 이런 상황에 대한 불안은 내버려둘수록 더 커질 수 있기 때문입니다. 실제로 자신감의 문제가 아닌데도 자꾸 '나는 자신감이 없어.'라고 반복해서 생각하다 보면 나중에는 자신도 모르게 정말로 자신감이 없어지고 문제는 영영 해결되지 않거든요.

사실 이건 자신감의 문제가 아니라 불안 문제랍니다. 그리고 불안은 피할수록 더 커지는 법입니다. '나 정말 불안하고 힘들거든.' 하고 받아들이는 것이야말로 불안을 다루는 가장 확실한 방법입니다. 불안하고 힘든 그 상황을 피하지 않는 것은 기본 중의 기본이고요.

그리고 하나 더 이야기해 주고 싶은 것이 있어요. 조용히 사는 것을 좋아하는 성격은 나름대로 얼마든지 괜찮다고 생각합니다. 하지만 경수가 생각하는 것처럼 반장 선거에서 말 한마디도 제대로 하지 못하고 들어온다, 한 표도 얻지 못한다, 1년 내내 창피 당한다, 이런 일이 벌어질 가능성은 얼마나 될까요? 생각만큼 흔한 일은 아니잖아요. 그런데도 그렇게 불안해 하는 건 지나친 일이죠.

간단하게라도 자신의 의견을 적어 놓은 종이를 들고 나가 그것을 보면서 말할 수는 있지 않을까요? 외워서 유창하게 말하기가 힘들다면, 메모를 보면서 차분히 읽어서라도 자신을 표현할 수 있고요. 그리고 설마 한 표도 얻지 못할까요? 하다못해 내가 내 이름이라도 쓰면 되잖아요. 1년 내내 창피를? 일주일만 지나도 아무도 반장 선거가 어땠는지 기억조차 하지 못할 걸요.

많은 사람들이 활용하는 효과적인 불안 조절 방법도 있답니다. 연예인이 무대 위에 올라가 수상 소감을 말할 때, "이 자리에 서니 정말 떨리고 긴장되네요." 하는 말 들어봤죠? 이것이 광고 기법의 대표적인 사례랍니다. 있는 그대로, 자기가 긴장했다고 말하는 거죠.

경수도 반장 선거에서 이렇게 말할 수 있겠죠. "낯가림도 심하고 긴장도 많이 해서 선거에 나오는 게 겁났는데, 이때가 아니면 나와 보기 힘들 것 같아서 떨리지만 이렇게 나왔습니다. 잘 부탁드립니다."라고 말이죠. 쉽지 않다는 건 알고 있어요. 하지만 아무 말도 하지 않고 땀만 흘리면서 서 있는 것이 더 고역일 수 있으니 힘들더라도 이렇게 자신을 표현하는 방법을 권합니다.

어때요? 도전해 볼 마음이 생겼나요? 그래도 도저히 안 되겠다면 일단 반장 선거 출마는 접으세요. 하지만 다른 도전을 해볼 수 있죠. 바로 부모님께 말해 보는 거예요.

"반장 출마 같은 건 성향에 맞지 않아 못 하겠어요. 닦달하셔도 못 해요. 대신 다른 건 해볼 수 있으니 다른 목표를 생각해 볼게요."

　부모님께라도 용감하게 자신을 표현하고 그래서 설득에 성공한다면 자신감이 한층 커질 수 있어요. 어느 쪽이든 경수가 잘 선택하고 실천하리라 믿고 응원합니다.

그런 식으로
나를 부르지 마 제발
친구들의 놀림에 학교 다니기 싫다면

친구들의 놀림에 괴로운 중3 현우

"친구들이 '장애인'이라고 부르면서 막 놀려요. 모자란다며 장애인이래요. 저도 제가 좀 부족하다는 건 알아요. 행동이 느린데다가 혀도 짧아 말이 이상하게 들리거든요. 가끔은 바보 같을 때가 있어요. 그래서 일부러 신경 써서 또박또박 말하려고 애써요. 많이 고쳐졌거든요. 그래도 급하거나 화가 나면 말이 헛 나오고 발음이 이상해져요. 그러면 애들은 킥킥거리고⋯⋯. 아, 이 말을 하자니 지금도 막 짜증나네요."

현우는 감정을 애써 누르며 말을 이었습니다.

"공부라도 잘하면 좋겠는데⋯⋯. 하지만 공부랑 장애인이랑 뭔 상관이에요. 멀쩡해도 공부 못할 수 있고 장애 있어도 공부 잘하는 사람도 있잖아요. 장애인이면 다 공부 못하는 건 가요? 공부랑 상관없는 거잖아요? 사실 공부를 이상하게 하 긴 해요. 시험 범위가 1페이지에서 40페이지라면 1페이지부터 10페이지까지는 막 파고, 그 뒤로 지쳐 11페이지부터는 읽지도 못한 채 시험을 보는 식이죠."

계속 이야기하던 현우의 얼굴이 갑자기 빨개졌습니다.

"지금 얼굴 빨개졌죠? 아이. 진짜. 원래 자주 흥분해요. 신 나면 막 소리를 지르고, 화가 나면 불 같죠. 또, 한번 웃으면 멈 추지 못해요. 선생님이 재미있는 말씀을 하면, 다 웃고 이미 지 나갔는데 혼자만 계속 웃다가 지적받을 때도 있어요. 애들이 다 쳐다보죠."

스스로의 성품 때문에도 힘든데 엄마마저 현우를 힘들게 한답니다.

"친구들이 놀리는 걸 엄마가 알았어요. 그날로 울고불고 학 교에 전화하고 완전 호들갑이었어요. 오늘은 괜찮았냐고 매 일 묻고 따지는데, 진짜 피곤해요. 이제는 등하교 때마다 따 라 다녀요. 아침에야 데려다 주는 엄마들이 있기는 하지만 하 교 때 오는 건 그래요. 그리고 엄마와 가는 길에 친구가 나를 툭 건드리기라도 하면 엄마는 그 애를 불러 큰 소리로 혼내 고…… 정말 망신이에요."

현우는 놀림을 당하는 상황을 더욱 악화시키는 엄마가 불 만스러운 듯했습니다.

"엄마가 그 난리를 치고 나서는 애들이 대놓고 놀리는 건 덜해요. 하지만 자기네끼리 내 얘기하면서 웃고 따돌리는 건 더 심해졌어요. 이러다 진짜 별명처럼 될 것 같다니까요."

놀림감이 되어 힘들다면

누군가는 청소년 시기가 속 편한 시절이라고 하죠. 해 주는 밥 먹고 공부만 하면 되는데 뭘 고민하느냐고도 하고요. 어른이 되면 훨씬 힘들다며, 좋은 처지에 있으면서 왜 그렇게 온 세상 짐을 혼자 짊어진 것처럼 찡그리느냐 묻는 이도 있지요.

이 말이 사실일까요? 아니죠. 그렇게 말하는 어른도 십대로 돌아가 생각해 볼 수 있다면 그런 말은 하지 못할 거예요. 나이가 들면 그나마 자기를 지킬 이런저런 보호 장구를 갖출 수 있지만 청소년 시기는 그렇지 못합니다. 또래 집단의 압력 및 각종 스트레스에 맨몸으로 노출되어야만 합니다. 게다가 십대는 스스로가 자기 자신을 힘들게 만드는 시기이기도 하지요. 남들과 비교해 자신에게만 있는 특징을 찾고 그 때문에 민감해져서 신경이 곤두서기도 합니다.

특히 신체적인 차이나 약점은 눈에 잘 띄기 때문에 문제 되기가 더 쉽습니다. 유달리 키가 크거나 작은 사람, 뚱뚱하거나 지나치게 마른 사람, 아토피나 여드름이 심한 사람, 성징이 또래보다 일찍 나타나거나 늦도록 나타나지 않는 등등. 이는 자신에게도 힘든 일이지만 남의 놀림감도 되기 쉬운 특징이에요.

현우도 그렇죠. 어쩌면 현우는 친구들 말대로 문제가 있을지도 모르겠어요. 그런데 정말로 현우가 장애를 가졌다 하더라도 그것이 놀림감이어야 할까요? 절대 아니죠. 우리 모두는 온 우주를 통틀어 단 하나뿐인, 유일무이한 존재입니다. 설령 부족함이나 모자람, 아픔이나 상처가 있다 하더라도 그것은 더욱 사랑과 배려를 받아야 하는 이유일 뿐입니다.

성적 순서에 따라 사람의 가치를 매길 수 없다고들 하죠. 그렇다면 예쁘고 잘생긴 순서대로 가치를 매기는 것은 괜찮을까요? 아니면 건강한 순서? 키가 큰 순서는요? 다른 사람이 자기 마음대로의 기준을 갖고 내가 원하지 않는 등수를 매기는 것이 거슬리나요? 그렇다면 나 역시 다른 사람에게 내 기준을 강요해서는 안 됩니다.

그리고 과연 이 모든 가치 기준에서 항상 앞자리를 차지한다고 으스댈 사람이 있을까요? 만일 있다고 손들고 나선다면 그는 잘난 척 척도나 비호감 척도에서도 앞자리이겠네요. 우리는 자기 자신도, 남도 척도로 재서 등급을 매기면 안 됩니다. 비록 누군가가 무언가 부족하고 거슬리게 보이더라도 그 역시 세상에서 단 하나뿐인 귀한 존재임을 명심하고 그에 걸맞게 대해야 하지요.

힘든 현우에게 선생님이 보내는 편지

누구든 어떤 이유로든 놀림 받는 건 괴로운 일이야. 더구나 많은 시간을 보내는 학교에서 그런 일이 반복된다면 학교도 싫고 모든 게 힘겨워지겠지. 엄마가 도와주니 나 몰라라 하는 것보다 나을 수도 있겠지만, 엄마의 방법도 최선은 아닌 것 같다. 그렇지?

선생님이 보기에는 현우가 친구들의 시선에 반응하는 것과 공부 습관에 문제가 있는 것 같아. 그렇지 않니?

친구들이 은근히 놀릴 때는 무시해. 무시를 이기는 가장 좋은 방법은 무시를 무시하는 거라고 어느 작가도 말했거든. 대신 대놓고 놀린다면 선생님께 말씀드려. 담임선생님께, 상담 선생님께. 해결되지 않는다면 교감, 교장 선생님, 교육감님께라도 편지를 써서 탄원해야 해. 학교에서 영향력 있는 분들께 도움을 청하렴.

엄마한테는 하교할 때는 데리러 오지 말라고 말씀도 드려 보고. 그 대신 엄마와 약속해. 솔직하게 학교일을 말씀드리고 무슨 일이 있으면 반드시 도움을 청하겠다고 말이야. 그리고 그 약속은 꼭 지켜야 돼. 그래야 현우가 안전하게 지낼 수 있고, 더 나쁜 일이 생기는 걸 막을 수 있거든.

그리고 선생님이 보기에는 현우의 공부 습관에 효율이 떨어지는 면이 있는 것 같아. 실제로 투자하는 시간과 노력에 비해 성과가 좋지 않다면 그건 속상한 일이잖아. 이런 걸 전문적으로 도와주는 분들이 있단다. 싫든 좋든 학교도 다니고 공부도 해야 하니, 이런 면에서 지혜롭게 전략을 짜는 게 필요할 것 같아. 공부라면 무조건 부담스러워 하지 말고, 적극적인 자세로 배우는 것도 의미가 있어. 친구들도 현우가 성적이 갑자기 오르면 무슨 비결이 있나 싶어 다가오려고 할 거야.

사람이라는 게 간사해서, 느리고 말이 둔한데 공부까지 못하면 더 놀리지만 성적이 우수하면 괜히 친한 척 다가오기도 한단다. 물론 그 친구가 진정한 친구라는 뜻도, 그런 기회를 타라는 뜻도 아니야. 다만 이 세상 사람들 모두가 천사는 아니니, 세상을 살아갈 전략이 필요하다는 거야. 학습 방법 문제를 상담해 주는 기관이 있어. 상담으로 약점은 보완하고 강점은 키울 기회를 얻을 수 있단다.

마지막으로 하나 더. 운동을 해보라고 권하고 싶어. 운동은 신체뿐 아니라 감성과 지성의 발달에도 도움이 돼. 운동을 잘하면 친구를 사귀기도 좋지. 단, 운동 경기를 할 때는 지거나 불리하다고 화내서는 안 돼. 그러면 애들이 더 놀리거든. 그쪽에서 먼저 감정을 자극해 놓고도 이쪽에서 흥분하면 비웃고 구경하는 못된 속성을 지닌 사람들이 종종 있어서 하는 말이야.

신은 누구에게나 필요한 재능을 주셨어. 드러나는 부분은 부족해 보일지 모르지만 그렇다고 현우의 성품과 능력이 진짜 모자란다고 할 수는 없거든. 그리고 현우가 어떻게 하느냐에 따라 얼마든지 발전할 수 있는 여지도 많아.

보석은 원석 상태일 때에는 그다지 빛나지 않는다고 하잖아. 현우가 스스로를 더욱 다듬어 보석처럼 빛나는 존재로 세상을 밝혀 주기를 바란다. 선생님도 응원하며 지켜볼게. 힘내렴. 현우의 변화로 친구들의 변화를 이끌어 낼 때까지 파이팅!

이번에는
코만 높인다니까요

외모를 바꾸고 싶을 때

수술로 더 예뻐지고 싶은 영미

고등학교 2학년인 영미는 진료실에 들어오면서부터 입을 삐죽 내밀고 있었습니다. 함께 온 아버지가 영미 대신 말을 꺼냅니다.

"얘가 자꾸 코 높이는 수술을 해 달라고 해서 병원에 데리고 갔어요. 그런데 성형외과 의사가 아직 나이도 어린데다 처음 수술하는 게 아니라서 정신과에서 상담을 받아 보면 좋겠다고 해서······. 저는 얘가 벌써 성형 수술을 받았다는 것도 몰랐어요. 나 참, 엄마란 사람이 어린애에게 그런 수술을 시켜 주다니 정신이 있는 건지 없는 건지."

영미는 작년에 쌍꺼풀 수술을 받았다고 합니다. 일 때문에 바쁜 아버지는 그 사실을 나중에 알았답니다.

고개를 숙인 채로 영미가 겨우 입을 뗍니다.

"선생님, 눈이랑 코는 기본 아닌가요? 저 진짜 코만 하면 돼요. 그러니 제발 수술 받아도 아무 문제없다고 써 주세요, 네?"

아빠 눈치를 보면서도 영미는 자기가 원하는 수술을 할 수 있도록 부탁했습니다. 영미 아버지의 얼굴은 폭발 일보 직전. 할 수 없이 아버지를 잠시 진료실 밖으로 내보냈습니다. 그제야 영미는 고개를 듭니다. 쌍꺼풀이 아주 자연스러운 예쁜 얼굴입니다.

"제가 얘기하는 것, 아빠한테는 비밀로 해 주시는 거죠?"

"물론이죠. 편하게 말해도 돼요."

쌍꺼풀 수술을 하고서야 비로소 남자 친구가 생겼다는 영미. 이제 만난 지 6개월이 되어 간다고 합니다.

"저는 공부하는 것도 중요하지만 지금 만나는 남자 친구도 정말 중요하거든요. 그 애가 처음에는 정말 다정하게 대해 주었어요. 그런데 요즘 와서는 소홀해지는 것 같아요. 아무래도 이 납작 평범한 얼굴 때문인 것 같아요."

"남자 친구에게 예쁘게 보이고 싶은 마음에 수술하고 싶은 건가요?"

"그렇죠 뭐. 이제 눈은 괜찮은 것 같은데, 펑퍼짐한 코는 진짜 문제예요. 코만 높이면 봐줄 만할 것 같은데, 아빠는 제 마음도 모르고 무조건 반대예요."

"수술한다는 게 말처럼 쉬운 일은 아닐 텐데요?"

"요즘 성형이 큰일인가요? 연예인들 보세요. 제 나이 또래인데도 얼굴 다 뜯어 고친 사람이 한둘이 아니잖아요. 그래도 멀쩡하게 살지 않나요. 하지만 아빠는 대놓고 미쳤다면서 난리예요. 답답한 아빠가 더 문제인 것 같아요. 요즘 세상에 두 군데 고쳤다고 성형 중독이라니, 말도 안 돼요. 정말이지 이해 불가능이에요. 요즘은 예뻐야 취직도 쉽다고 하잖아요. 대학 면접에서도 예뻐야 높은 점수를 받을지 누가 알아요?"

"하지만 코를 높이고 나면 또 고치고 싶은 마음이 들 수 있을 텐데, 그때는 어떻게 하려고요?"

"절대 아니에요. 맹세할 수 있어요. 코만 높여 주면 끝이에요. 공부도 열심히 할 거예요. 지금은 이 납작한 코가 자꾸 신경 쓰여 공부도 안 된단 말이에요. 자꾸 거울만 보고……."

성형이 꼭 필요하다는 친구들에게

영미의 이야기를 들으면서 안타까운 마음이 들었습니다. 왜냐고요? 혹시 '납작 평범하게' 생긴 외모가 안쓰러워서냐고요? 전혀 아닙니다. 눈에 띄게 예쁜 외모는 아니지만 그렇다고 영미가 '문제 있게' 생긴 것도 아니거든요. 영미가 고민

하는 것은 외모 문제, 특히 납작한 코가 고민이었지만 속내를 들여다보면 그것만은 아니었습니다.

영미가 한 말을 하나씩 되짚어 볼게요. 그전에 잠깐, 영미의 엄마는 지금 대체 어디에 계신 걸까요? 영미 아버지의 투덜거림을 들어보면 어머니는 영미의 쌍꺼풀 수술을 몰래 도와준 것 같아요. 하지만 상담에는 따라오지 않았네요. 비밀도 많은 것 같고요.

그리고 지금 만나는 남자 친구는 어떤가요? 처음에 다정하게 대하다가 시간이 지나면서 소홀해지고 있다죠? 그게 정말 영미의 납작한 코 때문일까요? 물론 남녀의 만남에서 외모가 중요한 변수가 될 수 있겠죠. 하지만 그것은 초반의 이야기이지요. 만일 정말로 영미의 코가 '납작해서' 영미로부터 멀어지고 있는 거라면, 그 만남이 건강하다고 할 수 있을까 의문스럽습니다.

그래서 영미에게는 '수술을 허락함'이라는 처방 대신, 외모 걱정에서 거리를 두도록, 그래서 정말 자신이 걱정하는 것이 무엇인지를 스스로 확인해 보도록 권했습니다. 영미의 반응은 이랬죠.

"정말 걱정하는 게 뭐냐고요? 뭐 그렇게 진지하게 생각한 적도 없고, 갑자기 물어보시니 더 당황스럽네요. 이거 겁나는데요. 상담하러 온 게 아니라 성형 수술 해도 된다는 말만 들으면 되는데……. 그런 거 물어보시니까 제가 정말 정신적으로 문제가 있는 사람 같잖아요. 이런 얘기는 안 하면 안 되나요?"

"걱정하는 게 따로 있는 것 같아서 그래요. 그런 문제를 해결하는 건 수술 못지않게 중요한 일이거든요. 혹시 코에 대한 불만보다는 다른 이유 때문에 코를 고치려는 건 아닌가요?"

"코도 불만이고요, 남자 친구가 떠나가는 것도 걱정돼요. 처음 사귄 남자 친구란 말이에요. 그 애를 만나면서 비로소 사랑받는다는 걸 느꼈는데 그 얘가 없으면……. 더구나 차이는 건 정말 싫어요. 남자 친구 있다고 동네방네 자랑했는데 무슨 망신이에요?"

"그러니까 혼자되는 게 싫고 버림받는다는 게 부끄러운 거군요. 그러다 보니 남자 친구가 내 평범한 외모에 싫증난 것 같아 수술이라도 해서 그 애의 마음을 붙잡고 싶은 거네요."

"……."

"엄마는 뭐라고 해요?"

"……."

조용히 고개를 숙이고 있는 영미의 눈가에 눈물이 고였습니다.

영미는 끝내 엄마 이야기를 하지 않았습니다. 영미와 나눈 상담도 그것이 마지막이었습니다. 영미가 다른 병원에 가서 다시 상담을 했을지, 혹은 허락을 받아 성형 수술을 했을지 지금으로서는 알 수 없습니다. 다만 영미와 어머니의 관계, 그리고 영미와 남자 친구의 문제, 무엇보다 영미가 자신을 생각하는 방식은 달라졌기를 바라는 마음이 간절합니다. 따뜻한 관심, 배려하는 마음이 깔리지 않은 인간관계는 피곤하고 힘든 법이니까요.

예쁘고 멋진 외모, 물론 중요하죠. 더구나 요즘처럼 보이는 것의 중요성을 강조하는 세상에서는 말이죠. 하지만 우리 삶에서 외모가 가장 중요할까요? 한마디로 답할 수는 없겠지요. 깊이 생각해 봐야 할 일이고, 어쩌면 사는 내내 답을 찾아야 하는 일일지도 모르겠습니다. 그래도 한 가지 분명한 것은, 근사한 외모를 갖는다고 인생까지 저절로 우아해지는 것은 아니라는 사실입니다. 정직하고 알찬 삶이 바탕이 되지 않은 외모는 오히려 실망스럽고 기만적이지요.

내적인 삶을 풍요롭고 건강하게 가꾸면서 외모에 관심을 가져 보라면 너무 진부한 주문일까요?

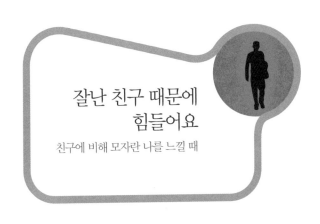

잘난 친구 때문에 힘들어요

친구에 비해 모자란 나를 느낄 때

친구와 비교되는 게 싫은 고2 성우

성우에게는 무엇을 하더라도 비교가 되는, 정욱이라는 친구가 있습니다. 정욱이와 경쟁하면 힘이 솟기도 하지만 대체로는 비교 때문에 괴롭답니다. 성적은 둘 다 상위권인데, 잘하는 과목이 다릅니다. 둘 다 이과여서 수학과 과학을 잘하는 정욱이가 더 유리하답니다. 성우는 정욱이보다 언어와 외국어를 잘하지만 격차가 큰 편은 아니랍니다.

성우가 정욱이와 비교되는 것은 성적만이 아닙니다. 둘은 키와 외모, 그리고 좋아하는 이성 스타일도 비슷합니다. 하지만 학원에서 동시에 한 여학생을 좋아하면, 정욱이가 그녀의 마음을 얻고 맙니다. 정욱이가 성우보다 더 재미있고 자신감

있는 스타일이라서 그런 것 같답니다.

성우는 정욱이의 친구인 것이 싫습니다. 오히려 피하고 싶고 거리를 두고 싶지요. 하지만 정욱이는 성우에게 사소한 정보까지 다 알려주고, 무슨 일이든 성우와 함께하겠다고 나섭니다. 다른 친구들도 성우가 혼자 있으면 정욱이는 어디 있냐고 성우에게 묻곤 하고요. 마음이 불편한 성우는 어떻게 하면 좋을까요?

친구 사이의 경쟁으로 힘들다면

경쟁으로 인해 생기는 갈등, 어떤 말로 이런 상태와 기분을 표현할 수 있을까요? 게다가 겉으로는 비슷한 것 같지만 속으로는 일방적으로 자신이 지고 있는 것 같다면 말이죠. 욱신욱신 쑤시는 상처를 건드렸을 때의 통증과 비슷할 것 같습니다.

흔히 적당한 경쟁은 좋다고 말하지요. 맞아요. 경쟁은 그만큼 더 열심히 하도록 자신을 자극합니다. 하지만 친구 사이의 경쟁은 때로는 시기심을 낳기도 합니다. 그 때문에 부담이 더 커지는 것이고요.

성우의 고민을 들으니, 성우가 경쟁을 말하고 있지만 사실은 열등감 때문에 힘들어 하는 것은 아닌가 하는 생각이 들었습니다. 성우 스스로가 자신보다 정욱이의 잘난 점을 계속 언급하고 있으니까요. 정욱이가 이과 학생에게 더 유리한 과목을 잘하고, 여학생들에게 더 인기 있는 성격을 가졌다는 식으로 말입니다. 정욱이의 재능과 능력은 타고난 것처럼 보입니다. 그래서 성우는 도저히 자기가 어쩔 수 없다고 생각하는 것 같아요.

성우의 속마음을 아는지 모르는지, 정욱이는 성우를 베스트 프렌드의 반열에 올려놓고 있습니다. 정욱이는 눈치가 아주 없거나, 성우의 속마음을 알아도 대수롭지 않게 생각하는 듯하네요. 어느 쪽이라도 성우가 불편한 것은 마찬가지이고요.

성우가 느끼는 불편함이 정욱이의 문제 때문이 아니라면 어떻게 할까요? 성우 자신의 마음에서 비롯된 불편함이라면? 열등감, 혹은 이기고 싶지만 이길 수 없다는 좌절감 때문이라면? 만일 그런 경우라면 정욱이의 곁을 박차고 나온다고 해도 마음이 편할 수는 없습니다. 오히려 더 불편해질 수 있어요. 아무 잘못 없는 정욱이를 불쾌해 한다는 것을, 다른 사람은 몰라도 성우 자신만은 알고 있을 테니까요. 그래서 성우가 정욱이를 떠나 혼자 있다 하더라도 여전히 마음은 편하지 않겠죠.

그러니 이제는 성우가 정욱이에게 자신의 속마음을 표현해보는 용기를 내보았으면 좋겠습니다. 농담으로라도 말입니다. "네가 나보다 더 잘난 것 같아 속 쓰려. 조금만 떨어져 있자." 하고 말이죠. 이런 식으로 말하기가 힘들다면, 다른 친구에게라도 이야기해 보세요. "다른 건 몰라도 수학만큼은 정욱이를 이겨 보려고 했는데 안 되네." 하고 말이죠.

그리고 마음이 풀리면 정욱이의 입장도 생각해 보기 바랍니다. 마라톤을 할 때, 선두로 달리는 선수가 느끼는 스트레스가 뒤이어 달리는 선수보다 네 배가량 높다고 합니다. 2인자는 앞 사람만 따라잡으면 그만이지만, 선두에 선 사람은 언제 추월당할지, 어디까지 달릴 수 있을지, 뒷사람은 어디까지 왔을지 몰라 마음이 복잡합니다. 그 친구가 잘났다고 언제나 1등은 아니라는 것, 그리고 정욱이가 성우를 그렇게 찾는 것도 어쩌면 불안감 때문일 수도 있다는 것을 생각해 보면 좋겠네요.

정욱이의 마음을 이해할 수만 있다면 성우는 정욱이보다 한 발 앞서 나간 셈입니다.

3

나만의 꿈을 꾸어도 될까요

하고 싶은 것은 많지만 현실은 막막하고
있는 대로 감당하기에는 세상이 답답해요

화가 난다. 어떻게 꿈을 포기하라는지. 무대에서 노래하는 상상만 해도 행복한데 왜 내 마음을 몰라주지? 다른 집은 성형까지 시키며 밀어 준다는데 우리 집은 왜 이렇게 보수적일까?

뭘 해야 할지 모르겠어요

어디로 가야 할지 헤맬 때

중1 유진이는 피아노를 치고 싶다

나는 어려서부터 피아노를 쳤고 지금도 피아노 치는 걸 아주 좋아해. 피아노를 치면 슬픈 마음도 사라지고 마음이 편안해지면서 행복해지거든. 그런데 이게 내 꿈이고 앞으로의 진로인지는 모르겠어. 피아노를 열심히 치다 보면 성적이 떨어지더라고. 피아노를 잘 치려면 오래 연습해야 하는데, 그러다 보면 학교 공부는 소홀해지니 불안해.

공부를 잘하고 싶어서 학원도 다녀 봤어. 하지만 그렇다고 성적이 오르는 건 아니더라. 오히려 피아노 칠 시간만 **빼앗겼**지. 공부와 피아노 둘 다 잘하고 싶지만 현실적으로는 그게 안 돼. 성적만 자꾸 떨어지고.

집안 형편도 피아노를 전공하기는 어려울 것 같아. 우리 집은 부자가 아니거든. 예능을 전공하려면 경제적인 지원이 필요한데 그게 힘들잖아. 또 우리 아파트에는 예민한 사람들이 많이 사나 봐. 조금만 늦은 시간에 피아노를 쳐도 경비 아저씨가 인터폰을 해.

천재적인 재능이라도 있으면 몰라. 그러면 능력을 믿고 어쨌든 도전이라도 하겠지. 하지만 솔직히 그만한 재능이 있는 것 같지는 않아. 다른 애들보다 조금은 잘하겠지만, 그 정도로 전공하겠다고 들면 남들이 비웃을 걸. 엄마 아빠와 상의도 해봤지만 아직은 모르겠어.

엄마 아빠는 내가 좋다면 그 길을 가라고 하셔. 하지만 내심 부담스러워 하는 눈치야. 며칠 전에 지나가는 말처럼 이렇게 말씀하셨어.

"피아노를 취미로 하면 어떻겠냐?"

가슴이 철렁하더라. 이럴 줄 알았으면 피아노를 애초에 시작도 하지 말 걸 그랬어. 우울해. 고등학교에 들어가기 전에 길을 정해야 하니까, 올해나 늦어도 내년까지는 공부와 음악 중 하나로 정해야 할 것 같아. 아, 골치 아파. 어떻게 하면 좋을까?

가정 형편과 진로 사이에서 고민한다면

유진이는 이제 중학교 1학년이지만 생각도 고민도 많습니다. 피아노 치는 것을 좋아하지만 현실이라는 벽 때문에 힘들어 하지요. 그렇지만요, 내가 정말로 좋아하는 것 때문에 하는 고민은 우리가 할 수 있는 고민들 가운데 가장 아름다운 고민이라고 생각합니다.

머리가 부서질 것 같은데 아름답기는 뭐가 아름답냐고 반문할 수도 있겠지요. 하지만 이보다 더 괴로운 것이 뭔지 아세요? 아무것도 하고 싶지 않고, 아무도 좋아하지 않은 상태랍니다. 이런 친구들은 억지로 무언가 혹은 누군가를 좋아해 보려고 애쓰기도 하죠. 그렇게 애쓰다가 금세 의욕과 흥미를 잃고 말죠.

유진이의 고민은 아프고 힘들지만 그만큼 가치 있는 거예요. 이 고민이 아름답고 귀한 데에는 이유가 있습니다. 고민해서 내린 결정일수록 자신이 선택한 쪽에 무게를 더 실어 줄 수 있기 때문이지요. 끙끙대며 생각한 후 결심한 결과이기 때문에 성급한 결정과는 격이 다릅니다. 앞으로 살다 보면 가지 못한 길 때문에 아쉬움이 생길 수도 있겠지만, 깊이 고민해 본 적 없이 덮어놓고 길을 간 사람과는 비교할 수 없을 겁니다.

피아노를 선택한다고 해서 공부를 제쳐놓을 수는 없다는 사실, 잘 알고 있네요. 아무리 피아노를 좋아하고 실력이 뛰어나도 교과 성적이 뒷받침되지 않으면 입시에서나 장기적인 발전에 어려움을 겪을 수 있어요. 마음에 들지 않겠지만 그것이 현실입니다.

그러니 나름대로 대처법을 찾아봐야 합니다. 보습 학원에 다닐 수도 있고, 상대적으로 성적이 나은 과목을 집중적으로 공부할 수도 있습니다. 평균을 깎아 먹는 과목을 보충할 수도 있고요. 혼자 힘으로 되지 않는다면 주변의 도움을 받으세요. 학교나 학원 선생님, 친척 언니 오빠들, 이모, 고모, 삼촌, 부모님, 누구든 말이에요.

처음부터 갈 길이 정해져 있다면 편할지는 몰라도 행복하지는 않을 것입니다. 우리는 입력된 프로그램대로 움직이는 로봇이 아니잖아요. 그리고 눈, 코, 입이 다 있어도 똑같이 생긴 사람은 단 한 명도 없듯이 꿈도 저마다 다른 색깔이라는 것이 얼마나 다행인지 모릅니다.

먼저, 내 앞에 펼쳐져 있는 다양한 가능성을 뜨거운 마음으로 껴안아 보세요. 어떤 일을 하더라도 내 삶의 순간들이 모두에게, 그리고 누구보다도 자신에게 기쁨으로 충만했으면 좋겠습니다.

마지막으로, 유진이가 갖고 있는 재능을 차분하게 생각해 보세요. 자신의 재능을 점검할 만한 객관적인 증거 말이죠. 피아노로 상을 탄 경력이 있거나, 음감이나 음악의 이해 정도가 괜찮은 편인지 살펴보세요. 즐기는 사람이 가장 낫다고는 하지만 재능을 가진 것도 한 분야에서 일하는 데에 큰 도움이 되거든요. 재능이 있으면 즐기기도 더 쉽답니다.

이제는 유진이가 어떤 길이 자신에게 가장 맞고 또 행복한지를 깨닫고 현명하게 선택하기 바랍니다. 그리고 일단 선택했다면 더 이상 고민하지 말고, 장애물이 있더라도 용기 있고 꿋꿋하게 그 길을 가기 바랍니다.

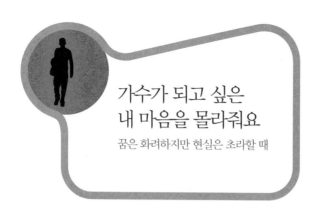

가수가 되고 싶은
내 마음을 몰라줘요
꿈은 화려하지만 현실은 초라할 때

연예인을 꿈꾸는 중2 수철의 일기

어릴 때부터 가수가 꿈이었다. 노래하는 걸 정말 좋아하고 또 잘할 수 있다고 생각했다. 하지만 엄마 아빠는 좋아하지 않는다. 특히 아빠의 반대가 심하다. 얼마 전에는 심각한 표정으로 나를 부르더니, "넌 가수할 능력도 안 되고 시켜 주지도 않을 테니 꿈도 꾸지 마라."라고 하셨다.

가수 말고 다른 것은 생각해 본 적도 없고, 하고 싶지도 않다. 그런데 아빠가 그렇게 말하니 절망했다. 정말 나는 아무것도 아닌데 괜히 덤벼드는 걸까?

엄마 아빠는 내가 공부로 성공하기를 바란다. 꿈을 못 깨는 건 엄마 아빠다. 90점은커녕 80점도 맞지 못하는 내가 어떻게 공부로 성공을 하나? 그래도 가수라면 정말 잘할 수 있을 것 같다. 가출해서 기획사라도 찾아가고 싶다. 그런데 받아 줄지 의문이고, 같이 먹고 자고 훈련받는 것도 쉬운 일은 아닐 것 같다. 하지만 잘 견디고 운도 좋으면 데뷔할 수 있지 않을까?

화가 난다. 부모가 어떻게 자식한테 꿈을 포기하라고 하는지 모르겠다. 무대에서 노래하는 상상만 해도 행복한데 왜 내 마음을 몰라주는지 모르겠다. 어떤 부모님은 돈을 아끼지 않으며 밀어 준다는데 우리 엄마 아빠는 대체 왜 이렇게 보수적일까?

연예인이 되고 싶다는 친구들에게

학생들의 장래 희망 조사에서 우선순위가 달라졌다고 하네요. 옛날에는 대통령이나 과학자가 가장 많았지만 지금은 상당히 다르답니다. 모 중학교 2학년 학생들을 대상으로 한 조사에서 희망 직업 1순위는 선생님, 2순위는 프로 게이머, 3순위는 가수 및 연예인이었다고 합니다.

청소년기에 여러 가지 다양한 삶의 과제를 헤쳐 나가는 동안 자신이 가진 능력과 적성을 발견하는 것이 일반적입니다. 가르치는 데에 소질이 있거나, 창조적인 아이디어를 내는 재

주가 있거나, 기계의 원리를 파악하는 데에 뛰어나거나, 다른 사람들과 어울리는 것을 좋아하는 등등의 능력과 적성 말입니다. 계산 능력이 탁월한 사람도 있고, 남들보다 논리적으로 생각하는 이들도 있으며, 이야기를 재미있게 풀어 내는 사람도 있지요.

자신만의 적성과 남다른 능력은 적합한 직업을 선택하는 토대가 됩니다. 직업은 생계를 유지하는 것뿐 아니라 자아 성취와 사회에 봉사하는 수단이 된다는 말을 들어보았죠? 교과서적인 말이지만 사실이에요. 사람들은 직업으로 다른 어떤 것과 비교할 수 없는 기쁨을 누리고 자신의 가치를 발견할 수 있거든요.

연예인 역시 하나의 직업이기 때문에 이 분야에 종사하고 싶다면 여러 가지 요소를 진지하게 고려해야 합니다. 연예인이 되려는 생각이 무조건 헛된 꿈이라고 말할 수는 없어요. 실제로 연예인을 꿈꾼 끝에 연예인을 직업으로 삼은 사람도 있으니까요.

다만 어떤 직업을 선택하더라도 그에 따른 노력과 대가를 진지하게 생각하지 않고 겉모습만 보고 판단해서는 안 됩니다. 흰 가운이 멋있어 보인다는 이유 하나만으로 의사가 되려 한다면 곤란한 것과 마찬가지이지요. 피상적인 생각만으로 진로를 결정하면 그 직업을 실제로 갖기도 어렵고, 그 자리에 선 다음에도 후회할 수가 있어요.

직업을 고를 때에는 '나는 지금 어디로 가고 있는가?' 하는 질문에서부터 시작해야 합니다. 이것은 다른 누가 대신 답해 줄 수 없어요. 대답은 자신만이 할 수 있습니다. 나만의 빛나는 가치는 무엇인지, 어떤 가치를 추구할 때 비로소 행복을 만 끽할 수 있는지 곰곰이 생각해야 합니다. 이 대답은 진로를 결정하는 데에 중요한 지침이 됩니다. 영화 〈불의 전차〉의 실제 주인공으로, 1924년 파리 올림픽 100미터 경주에서 세계 신기록을 세운 에릭 리델은 이렇게 말했습니다.

"신은 내가 빨리 달릴 수 있게 만드셨어. 그래서 나는 달릴 때 그분이 기뻐하신다는 걸 느껴."

여러분의 재능이 직업으로 이어지고, 그것이 자신과 세상, 심지어는 나를 만든 신에게도 기쁨이 된다면 그야말로 성공적인 삶이라고 할 수 있겠지요.

한 가지 더, 다른 사람들의 시선에 좌우되지는 않았으면 좋겠어요. 특히 이런 직업이 좋다더라, 이걸 해야 안정적이라더라 하는 말에 휘둘리지 않았으면 합니다. 세상은 끊임없이 바뀌고 또 바뀝니다. 10년 전에 좋은 직업이었던 것이 더 이상 좋은 직업이 아닌 경우가 부지기수입니다. 남이 내 인생을 대신 살아 줄 수 없으니, 그들의 판단에 내 인생을 전적으로 맡길 수는 없는 노릇입니다. 정말 좋아서 선택하는 것이 아니라면 그 자리에 도달했을 때 '내가 이런 걸 하려고 그 고생을 했단 말이야?' 하고 한숨을 쉴 수도 있습니다. 반면에 하

고 싶은 일을 하고 있다면 기꺼이 고생을 감수할 수 있고 만족
감도 큰 법이죠. 나의 재능과 적성, 흥미에 맞는 직업을 잘 선
택하기 바랍니다.

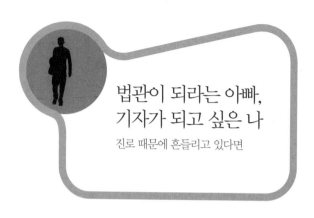

법관이 되라는 아빠, 기자가 되고 싶은 나

진로 때문에 흔들리고 있다면

고2 영후는 진로 때문에 고민 중

아빠와 진로 문제로 갈등을 겪고 고민 중이에요. 저는 신문 방송학을 공부해서 기자가 되고 싶어요. 글 잘 쓴다는 말도 많이 들었고, 정의감도 있거든요. 새로운 정보를 알아내는 것도 좋고, 불의나 모순을 파헤쳐 고발하는 것도 정말 멋지다고 생각해요. 기자라는 직업이 가장 보람 있는 일 같아요.

하지만 아빠는 달라요. 기자들은 다 거짓말쟁이래요. 제가 그렇게 좋아하는 직업을 그런 식으로 욕하니 정말 화가 나고 황당해요. 아들의 꿈인데 어떻게 그런 식으로 짓밟을 수 있죠? 아빠는 로스쿨에 가서 법관이 되라고 해요. 제가 제일 못 하는 게 암기인데 말이에요.

그 두꺼운 법전을 어떻게 달달 외우냐고요. 예전과 달리 지금은 쉬워졌다고는 하지만 로스쿨 시험만 본다고 다 되는 것도 아니잖아요. 적성에도 맞지 않고 힘들기만 한 일에 인생을 걸고 싶지는 않아요.

아빠의 뜻은 확고해요. 그게 제가 보기에는 대리 만족 같아요. 아빠는 일류 대학 법학과를 나왔지만 10년 동안 고시 공부를 하다 결국 포기하고 은행에 취직했거든요. 이런 말 하면 안 되겠지만 아빠는 지나간 세월을 저한테서 보상받으려는 것 같아요.

어떻게 해야 하죠? 일단 법대나 로스쿨로 진로를 정해야 하나요? 아니면 내 뜻대로 살아도 되는 걸까요?

부모님과 진로 문제로 힘들다면

청소년기는 그 자체로서도 중요하지만, 앞으로 다가올 성인기를 준비하는 때라는 점에서도 의미가 있답니다.

성인기에 해야 할 중요한 숙제가 뭔지 아나요? 바로 일과 사랑입니다. 인생의 의미를 찾을 수 있는 일을 하면서 경제적인 능력을 갖추고, 사랑하는 사람을 만나 화목한 가정을 이루는 것. 이 두 가지가 이루어지지 않으면 겉보기에는 그럴 듯해도 위태로운 건물처럼 삶이 공허하고 부실해지기 쉽습니다.

일과 직업을 생각해 볼게요. 어떤 직업을 선택하느냐에 따라 인생의 방향이 크게 달라지지요. 누구나 타고난 기질과 성품, 장단점이 있습니다. 하지만 어떤 일을 하고 어떤 직업을 가지느냐에 따라 삶을 경험하는 방법도 달라지고 그 사람의 성품과 습관도 바뀔 수 있어요.

일과 직업이 중요한 만큼 그에 따른 준비와 선택 과정은 더 말할 나위 없이 중요하겠죠. 요리사들도 중요한 연회가 있으면 재료부터 준비하고 확실히 점검하잖아요. 준비도 안 된 채 덮어놓고 시작한다면 어떻게 되겠어요? 우왕좌왕하다 보면 냄비 안에서는 뭔가 지글지글 끓고, 프라이팬 안은 졸아들고, 없는 재료로 인해 당황하겠죠. 집 안은 연기로 꽉 차고, 엉망이 된 요리는 먹을 수도 없는데 손님이 들이닥친다면 어떻게 하겠어요?

그러니 순서를 바로잡고 준비를 제대로 하는 것이 중요합니다. 어떤 것을 어떤 방법으로 할지, 할 수 있는 것과 하지 못하는 것은 무엇인지, 준비할 재료는 무엇인지를 생각하면서 상황을 푸는 것이 최선이지요.

지금 영후는 아버지의 기대와 자신의 적성이 맞지 않아 힘들어 합니다. 그렇다고 아버지를 거역할 용기는 없고, 뚜렷한 대안도 보이지 않습니다. 여러분이라면 그런 영후에게 어떻게 충고해 주고 싶나요? 그 안에 영후가 찾는 길은 물론 여러분 자신이 가고자 하는 길이 있을 겁니다.

영후에게 어떤 말을 해주고 싶나요

"아빠의 뜻을 거역해서라도 반드시 기자의 길을 걸어야 해. 로스쿨에 들어간다고 해도 아빠의 실패를 따라갈 수 있고, 만약 성공한다고 해도 적성에 맞지 않는 일에 평생을 바치는 건 괴로운 일 아니야? 기자가 얼마나 멋진데. 다양한 사람도 만나고 신나는 경험도 하고 신문에 이름도 나고. 그야말로 최고의 직업인 것 같아."

주변에 휘둘리기보다는 자신만의 길을 선택하라고 조언하는 것은 필요한 일이에요.

그런데 혹시 아버지와 아들의 갈등에만 치중해서, 아들은 반드시 아버지의 뜻과 다른 무언가를 추구해야만 한다고 생각하는 것은 아닌지요? 부모님의 말을 맹목적으로 따르는 것도 위험하지만, 부모님의 뜻에 일단 반기부터 들고 보는 태도도 그에 못지않게 위험해요. 그리고 아버지의 실패를 답습할 수 있다는 경고는 기우일 수 있어요. 아버지의 인생이 영후의 인생과 다르다면 영후가 아버지의 실패를 따라갈 이유도 없으니 말이에요.

정말 기자가 되고 싶다면 아버지와 대결하여 승패를 가르겠다는 생각보다는 좀더 실질적이고 현명한 대처법을 택했으면 합니다. 예를 들어 적성과 흥미를 살려 학생 기자로 활약해 보거나, 기자가 되는 데에 필요한 정보를 수집해 보는 등의 준비 과정을 가져 보는 것이지요. 영후의 이름이 달린 멋진 기사를 아버지가 본다면 아버지의 생각도 조금은 달라질지 몰라요. 이런 시도는 자신의 능력을 확인하는 기회이자, 정말 그 길이 맞는지 가늠해 볼 수 있는 시금석도 될 것입니다.

"인정받는 아들이 되는 것도 좋지 않을까. 아빠의 못 다 이룬 꿈을 이루어 드리는 게 왜 나빠? 무슨 일이든 하다 보면 익숙해지고 잘할 수 있잖아. 암기 과목도 공부하면 요령이 늘어. 그리고 말이야, 기자가 된다고 자기가 쓰고 싶은 기사를 마음껏 쓸 수 있겠어? 다 위에서 시키는 대로 하는 거지. 차라리 법관이 낫지 않을까?"

아버지의 입장을 생각하고 배려하는 것은 보기 좋네요. 무턱대고 고집만 내세우기보다는 부모님의 의견을 존중하고 부모님을 기쁘게 해 드리라는 충고도 어른스러워 보입니다. 다만, 그 결정이 눈앞의 갈등을 피하려고 내린 결정은 아니기를 바랍니다.

이솝 우화 가운데 〈여우와 신 포도〉 이야기, 알죠? 높은 곳에 있는 포도를 따 먹으려고 폴짝폴짝 뛰다가 도저히 닿지 않아 포기한 여우는 중얼거리죠.

"저 포도는 시어서 먹지 못하겠어."

여우는 말로만 그런 것이 아니라 정말로 포도를 시다고 생각한 거예요. 신맛이 강해 눈이 가늘어지고 침까지 줄줄 흘리면서 말이죠.

왜 갑자기 이런 우화를 말하느냐고요? 선택 과정에서 이런 저런 이유를 갖다 대는 것을 보면서 혹시나 하는 생각이 들어 서랍니다. 지금 당장은 아버지께 "역시 내 아들이야." 하는 칭찬도 받고, "저 애는 법관이 될 거야." 하는 기대도 받아 으쓱 해지겠죠. 그런데 그게 혹시 자기 합리화는 아닌지 점검해야 한다는 거예요.

본인의 미래가 달려 있으니 차분하게 생각해 보세요. 진로 를 결정할 때에는 이 길을 가는 나만의 이유를 발견할 수 있 어야 해요. 자신의 능력과 현실적인 가능성을 엄밀하게 평가 하지 않고 대의명분만 지키려고 뛰어든다면 10년 후의 내 모 습은 어떨지 생각해야 합니다. 직업 문제는 되면 좋고 안 되 면 말고 하는 일이 아니기 때문이지요. 지금 당장의 평화보다 중요한 것은 평생의 보람과 행복입니다.

아버지가 좋아하니 나도 대충 맞출 수 있지 않을까 생각하 지 말고, 깊이 생각하고 고민한 끝에 그 길이 옳다면 그렇게 결정하라고 조언하고 싶습니다. 그 과정에서 아버지와 갈등 을 겪을 수도 있어요. 하지만 특정한 시점에 꼭 필요한 고민 과 갈등은 타이밍을 놓치면 그 무엇으로도 대신 할 수 없으니 피하려고만 하지는 마세요. 갈등 자체를 회피하기보다는 지 혜롭게 마주하고 차분하게 풀어 가는 노력, 기대할게요.

공부는 잘하지만
하기가 싫어요
앞날이 부담스럽고 막막하다면

학업과 취업 준비가 부담인 만우

"상담을 받아야 할 정도인지는 모르겠는데, 달리 뾰족한 수도 없어서 찾아왔어요. 정말 고민 많이 하고 망설였어요."

"무슨 일이든 괜찮아요. 혼자 힘들어 하는 것보다 누구에게라도 속 얘기를 하다 보면 마음도 편해지고 방법도 생길 거예요."

"문제는요, 공부가 너무 하기 싫다는 거예요. 진짜로요. 학교도 가기 싫어요."

"수업 시간에 집중하는 것은 어때요?"

"수업 시간은 괜찮아요. 선생님이 설명해 주시는 건 다 이해하고 가끔은 재미도 있어요. 하지만 딱 그것뿐이에요. 숙제는 꼬박꼬박 해 가지만 정말 죽지 못해 하는 거예요. 예습, 복습, 시험 준비 같은 건 절대 안 해요. 수업 시간에 집중해서인지, 아니면 다른 애들이 못해서인지 성적은 그런대로 나와요. 그래도 공부는 정말 싫어요. 사실 공부 안 하려고 실업계 고등학교 왔거든요."

"특별히 공부가 싫어진 계기나 이유라도 있나요?"

"몰라요. 공부를 싫어한 건 꽤 오래되었어요. 사회와 역사는 좋아해요. 하지만 과학, 수학, 한문, 이런 건 정말 싫어요. 열심히 하는 친구들을 보면서 경쟁심도 길러 보려 했고, 공부하지 않아서 실패한 사람들 이야기도 들어 봤어요. 그런데도 다가오질 않더라고요. 결국 부모님 반대를 무릅쓰고 실업계 고등학교에 진학했죠."

"그래서 편해졌나요?"

"실업계라고 다른 것도 없던데요. 인문계보다 덜 하는 거지 공부에 손 놓는 건 아니더라고요. 오히려 취업 때문에 신경 써야 할 게 더 많고……. 그러니 하루하루가 괴롭죠. 더구나 대학을 나오지 않으면 사회에서 무시당한다는 것도 슬슬 신경 쓰이기 시작했어요. 대기업에 들어가려면 경쟁이 치열하다는 것도 부담되고요."

"공부 말고 좋아하는 건 없어요?"

"그게, 공부만 싫은 게 아니라 좋아하는 것도 없다는 게 문제예요. 부모님과 친구들과도 이런 얘기를 해봤는데 답이 보이지 않더라고요. 만사가 다 싫고 귀찮다고 하니 처음에는 진지하게 들어주다가 나중에는 화를 내더라고요. 부모님은 아직도 대학 진학에 미련을 못 버리고 계시고, 친구들은 공부도 잘하는 놈이 괜히 잘난 척한다고 빈정거려요. 그런데 정말 공부가 싫거든요. 어떻게 하면 좋을까요?"

공부도 싫고 만사가 귀찮다면

맞아요, 공부는 어렵습니다. 전국에서 손꼽힐 만큼 공부를 잘하는 친구든, 공부라면 외계어 대하듯 낯설고 힘들어 하는 친구든, 공부라면 부담을 느끼지요. 모르는 것을 배우고, 배운 것을 익힌 뒤, 그 익힌 것을 점검하는 과정이 얼마나 힘들겠어요? 그러면서도 공부는 우리가 제대로 살아가고 있는지를 점검하는 척도가 되기 때문에 무의미한 일이 아닙니다. 세상에는 공부 말고도 의미 있고 중요한 것들이 많지만 공부도 중요하다는 사실을 부정하기는 어렵습니다.

공부와 관련된 문제는 참으로 다양합니다. 공부 자체가 스트레스의 원인이 되기도 하고, 반대로 삶 속에서 경험하는 다른 스트레스들 때문에 공부가 안 되기도 합니다.

민우가 상담실 문을 두드린 것도 그렇습니다. 머쓱한 표정으로 상담실을 찾은 모습이 영 어색해 보였습니다. 민우는 공부가 너무나 싫은데 사회는 공부해야 할 이유를 설명도 해주지 않으면서 몰아붙이는 것 같습니다. 민우가 경험하는 세상은 강요로 가득 차 있습니다. 공부라는 부담이 민우를 힘들게 합니다. 재미있고 신나는 일도 막상 누가 시키면 부담되는데 어려운 공부를 이토록 강요하니 얼마나 하기 싫고 거부감이 생길까요.

민우처럼 공부를 부담스러워 하는 친구들에게 꼭 들려주고 싶은 말이 있습니다. 큰 그림을 볼 수 있는 시각을 갖출 수 있으면 좋겠다는 말입니다. 퍼즐의 한 조각만 놓고 보면 칙칙한 얼룩에 불과하지만 큰 그림 속에서는 시원한 나무 그늘일 수 있거든요.

더불어 목적의식도 가졌으면 좋겠습니다. 눈 오는 추운 겨울날에 숨이 차도록 달리기는 힘들지만, 첫눈 오는 날 좋아하는 친구를 만나려고 달려가는 중이라면 힘이 솟지 않을까요. 공부도 그렇습니다. 당장은 짜증나겠지만, 공부가 삶에 차지하는 의미를 알고 내 목표에 맞게 공부해 간다면 생각도 달라질 테지요. 공부하면서 힘든 순간은 결코 즐겁지 않습니다. 그러나 무엇 때문에 공부하고 고생하는지에 대해 뚜렷한 답이 있다면 즐길 수 있습니다. 최소한 견딜 수는 있습니다.

걷는 것 자체가 무조건 힘든 것은 아니에요. 어디로 가는지, 언제까지 가야 하는지, 쉬는 시간은 언제인지 모르기 때문에 더 힘든 거죠. 내 인생의 목표는 무엇인지, 나는 지금 왜 살고 있는가에 대한 나만의 대답을 찾아냈으면 좋겠습니다. 한 걸음씩 걷는 그 길은 순간순간 힘들더라도 큰 목표를 바라본다면 충분히 계속 갈 용기를 얻을 수 있답니다.

명심할 점 하나! 내가 선택한 길이라면 당장은 앞이 보이지 않고 바람이 거세더라도 이겨 낼 수 있습니다. 내 스스로 결정한 길이기 때문에 지쳐도 가야 할 힘을 얻을 수 있지요. 하지만 떠밀려 하는 일은 우선은 편해 보여도 장애물이 나타나거나 험한 길이 나오면 쉽게 좌절하고 맙니다. 한 걸음 한 걸음이 너무나 무겁고 지치기 마련이지요.

뭔가가 싫어서가 아니라 뭔가를 원해서, 남이 시켜서가 아니라 내가 좋아서 할 만한 일을 찾으면 좋겠습니다. 공부도 그 목표 안에 한 과정으로 둘 수 있기를 바라고요. 그러면 공부하는 시간이 그렇게 짜증스러운 순간만은 아닐 수 있고, 삶의 다른 영역에서도 활기를 찾을 수 있을 겁니다.

우리나라 교육, 정말 문제 아닌가요

불합리한 세상에 불만이 쌓일 때

현주는 결과만 따지는 학교가 싫다

고등학교 2학년인 현주는 학교가 답답하답니다. 우리나라 학교에 문제가 많다고도 합니다. "이런 식의 학교는 아무도 좋아하지 않고 누구에게도 도움이 되지 않을 것 같아요."라고 까지 하네요. 학교에서 무슨 일이 있어서 현주가 이토록 불만 스러워 하는 걸까요?

학교에서 강요하는 가치관 때문이랍니다. 사람은 재능도 관심사도 저마다 다른데 학교는 현주에게 학벌과 명예만 추구하라고 한다는군요. 협력보다는 경쟁만 강조하는 학교가 현주는 정말 싫어졌답니다. 이제껏 문제없었고 지금 고2니 학교생활이 얼마 남지는 않았지만 그래도 더는 참을 수 없다고 합니다. 한계에 다다른 것 같네요.

"저는요, 공부에는 소질이 없어요. 학벌과 명예에도 관심이 없고요. 그렇다고 봉사 정신이 투철한 것도 아니에요."

야심이 없기 때문에 경쟁을 강요하는 것이 싫고, 봉사 정신도 그저 그래 자신을 희생하고 추구해야 할 목표가 있는 것도 아니라고 합니다. 하지만 당장은 공부에서 손을 떼기가 두렵다고 합니다.

"우리나라에서 공부 못하는 사람이 어떤 대접을 받는지 잘 알고 있어요. 대학에 들어가지 못하는 것도 끔찍하죠."

현주는 1년 앞으로 다가온 수능 때문에 현실을 도피하려는 것은 아닌지 스스로에게 묻기도 했답니다. 그래도 답은 언제나 똑같았습니다. 우리나라 교육 제도가 문제이고, 이런 상황 속에서 자신의 길을 찾고 걸어가기란 힘들다고 말이죠.

"지금의 학교는 정말 문제 아닌가요? 다들 공부하라고만 하고, 애들은 경쟁하다 스트레스 받아 서로 괴롭히고……. 저도 애들이랑 똑같아지는 것 같아 힘들고 짜증나요."

교육 제도가 불만인 친구들에게

현주의 고민은 충분히 이해합니다. 청소년기만큼 현실을 순수하게 비판하고 숭고한 이상을 크게 품는 시기는 없을 거예요. 그렇다고 해도 자신이 느끼는 갈등과 혼란을 외부 탓으로만 돌리다 보면 주체적인 노력을 기울일 소중한 기회를 잃을 수 있습니다.

답답한 외부 상황에 둘러싸이다 보면 자신도 모르게 '외부화'를 사용합니다. 외부화란 자신의 본능적인 충동이나 갈등, 생각하는 방식 등을 외부 세계와 대상에서 경험하는 방어 기제입니다. 내 안의 어려움과 답답함, 분노 등의 원인을 외부에서 찾으려는 경향이죠. '세상이 나를 화나게 해!', '공부하려고 했는데 엄마가 잔소리를 하니까 집어치우고 싶어!', '왜 다들 나를 섭섭하게 대하는 거야?' 등이 그 예입니다.

타당한 비판이 아닌 막연한 불평과 투덜거림으로 세상을 비난한다면, 사실은 자신의 문제를 숨기고 바깥만 탓하는 중일 수 있으니 주의해야 해요. 외부에서 이유를 찾으면 그 순간만큼은 마음이 편할지 몰라요. 하지만 현실 탓, 정책 탓만 해서는 해결되는 것은 아무것도 없습니다. 외부의 문제가 아무리 크다 하더라도 내 고민으로 내가 성장하지 않는다면 외부의 문제가 사라져도 나는 여전히 제자리에 머무르기 때문입니다.

특별한 경우를 제외하면 친구들 대부분이 하루 중 가장 많은 시간을 보내는 곳은 학교입니다. 집안 문제도 가족이 가장 잘 알 듯이, 내가 몸담고 있는 학교의 문제는 학생인 내가 가장 직접적으로 느끼고 알고 있겠죠. 그렇다면 현주와 같은 또

래인 여러분은 현주의 고민을 어떻게 생각하나요? 여러분도 현주와 같은 생각인가요?

지금의 교육 제도, 어떻게 생각하나요

"저도 학교에 불만 많아요. 확 뜯어고쳐야 해요!"

혹시 자신이 나서서 잘못된 현실을 바로잡아야 한다고 생각하나요? 불의로 가득 찬 세상을 깨끗하게 하리라 부르짖고 싶나요? 자신의 가치관에 비추어 무엇이 옳은지 판단하고 그것을 실행하려는 용기는 칭찬해 주고 싶습니다. 하지만 조심해야 할 점이 있어요. 반대를 위한 반대는 아닌지 점검해야 한답니다. 더불어 잘못된 현실을 뜯어 고치려다가 자신의 삶이 뜯겨져 나가지 않도록 조심해야 하지요.

내가 아무리 강한 의지를 갖고 있더라도 방향이 잘못되면 일을 그르칠 수 있어요. 교육 제도 역시 그렇습니다. 공부하고 한 분야의 전문가가 되어 할 수 있는 일보다 지금 당장 더 크고 놀라운 일을 하기는 어려워요. 그러니 울분을 잠시 잠재우고 불만을 미래를 향한 꿈으로 전환하면 어떨까요?

사실 우리나라 교육에도 좋은 점이 있어요. 오죽하면 미국 대통령이 우리나라의 교육 제도를 배워야 한다고 강조하겠어요. 무조건 나쁘다고 하지만 말고, 장단점을 생각해 보고 미

래 세대를 더 잘 키우는 교육의 리더로 성장할 수 있으면 좋겠
어요.

**"제가 무슨 힘이 있나요. 이렇게 사는 거죠. 문제가 많아도
뭐, 전 불의를 잘 참아요."**

불만을 내 안에 가득 담는 것이 어떤 결과를 미칠지 생각해
보았나요? 마음에는 불평의 열기가 나는데 묵묵히 참고만 있
다면 고통스러운 것은 자기 자신이에요. 심각한 상처를 입을
수 있고, 주변 사람에게까지 나쁜 영향을 줄 수도 있죠. 지금
당장 움직여 해결할 수 있는 것이 아니라면 자신을 화나게 하
고 자신을 괴롭히는 생각들을 잠시 내려놓으세요.

그렇다고 영원히 잊어버리고 못 본 체하라는 말은 아닙니
다. 마음이 타 들어가는 것 같을 때는 잠시라도 쉬어 가자는
뜻이에요. 기분 전환도 해보고, 학교 교육에 불만이 많았지만
슬기롭게 극복한 사례, 생산적인 대안을 찾아낸 경우를 책이
나 인터넷, 신문 등에서 찾아보면 어떨까요.

공부는 힘들고 재미없을 때가 많지만, 학교에서 배운 지식
들은 삶의 유용한 밑거름이 된답니다. 여러 다양한 경험을 살
펴보면서 위로도 받고 힘도 얻었으면 좋겠어요.

**"교육제도가 문제라기보다는 공부가 힘들어서 그렇죠. 피곤
하고 답답하네요."**

이 경우는 자신이 힘든 것이 학교 문제가 아닌 공부 부담 때문이라는 사실에 주목하고 있네요. 맞는 말일 수도 있어요. 교육제도가 제대로 마련되어 있는지 여부나 교육 철학이 바람직한지 여부와 상관없이 공부가 힘들고 재미없다면 학교도 자연스레 싫어질 테니까요.

그렇다면 나를 짓누르는 공부 스트레스, 어떻게 극복할 수 있을까요? 도움이 되는 귀띔을 해줄게요. 먼저 자신이 스트레스를 받을 수 있는 존재임을 인정해야 해요. '나는 강해. 스트레스는 약자의 변명일 뿐이야.'라고 생각하다 보면 버티다가도 오히려 한순간에 무너질 수 있거든요.

그리고 스트레스가 유익할 수도 있다는 사실을 알아두면 좋겠어요. 약간의 스트레스는 오히려 업무의 효율을 높이지요. 과도한 부담은 해롭겠지만 지나치게 여유를 부리는 것보다는 조금 스트레스를 받을 때 공부에 몰두할 수 있다고 합니다. 몰두하면 일이 즐거워지죠. 문제 해결 뒤에 오는 시원함, 느낀 적 있지요? 물론 공부에 익숙해지고 그것을 즐기기까지는 시간과 노력이 필요합니다. 하지만 공자께서 말씀하셨죠. 배우고 익히는 기쁨이 큰 즐거움 중의 하나라고요.

학교에서 보석 같은 순간이 정말 한 번도 없었나요? 나도 모르는 사이에 지나치거나 그런 기회가 와도 애써 외면하지는 않았는지 뒤돌아보세요. 좀더 긍정적인 마음으로 내일부터 새롭게 학교생활을 시작해 보기를 바랍니다.

"제도 같은 거 신경 안 쓰는데요. 대충 살면 되지 뭔 고민이 그렇게 많아요?"

세파에 휩쓸려서 편하게 사는 친구들도 있답니다. 하지만 이런 사람은 문제가 생기면 쉽게 넘어지지요. 이런 친구들에게는 먼저, 내가 지금 어디로 가고 있는지 행선지를 분명하게 따져 볼 것을 권해요. 왜 사는 걸까, 공부는 왜 하는 걸까, 삶에서 소중하고 귀한 것은 무엇일까, 이런 질문에 답해 봄으로써 자신이 바라는 삶이 어떤 모습인지 구체화할 수 있습니다. 정체성을 확립하고 자기 환경도 분명하게 인식하는 것이 성장에 필요한 과정이거든요.

막연히 알고 있는 것과, 진짜 무엇 때문에 노력해야 하는지를 깨닫는 것은 차이가 있습니다. 목표가 뚜렷하다고 넘어지지 않는 것은 아닙니다. 하지만 목표가 있으면 넘어져도 더 빨리 일어날 수 있고, 무엇에 걸려 넘어졌는지 깨달아 다시는 넘어지지 않게 조심하게 되죠. 그처럼 더 강하고 단단해지는 여러분을 기대합니다.

"어디에나 단점은 있어. 하지만 나는 내 목표를 이루기 위해 열심히 공부할 거야."

아무리 잘하려고 해도 주변의 상황 때문에 마음이 흔들리기 쉬울 텐데, 자신의 가치 기준에 따라 든든한 닻을 내리려고 한다니 칭찬해 주고 싶습니다. 다만, 내가 이렇게 살기로 결단할 때 이것이 현실에 눈을 감는 또 다른 현실 도피가 되지 않도록 주의해야 합니다. 과연 내가 붙들고 있는 가치관과 인생관이 건강하고 믿을 만한지 점검해야 합니다.

자신의 가치관에 따라 뚜렷한 목표를 갖고 사는 것은 중요해요. 하지만 비판적인 사고 능력 없이 목표를 추구하거나 현실에 적응만 하면 장기적인 발전은 이루기 힘들답니다. 문제는 분명히 인식하되 노력으로 이 문제들을 슬기롭게 극복하고 해결하는 사람이 되기를 응원합니다. 그래야 개인적인 성취도 사회적 공헌도 함께 이룰 수 있거든요.

4

친구인지 적인지 알 수 없어요

나를 믿고 나를 이해하는 친구라고 믿었다
그런데 왜 나를 멀리하고 경쟁하려는 걸까

그 친구가 해준 말이 모두 진심 어린 충고라고 믿었어요. 집안 일로 힘든 나를 이해해 준다고 생각했어요. 고마웠고 진정한 우정이라고 믿었죠. 그런데 지금, 제가 그렇게 잘못한 건가요?

예전에는 안 그랬는데
지금은 왜 그래

친구가 갑자기 나를 멀리할 때

마음을 열었다가 절교 당한 병수

저는 중3이고요, 제게는 좋은 친구가 있었어요. 어려운 일을 겪으면 늘 함께 해 주고 도와주었던 친구죠. 제가 그 친구에게 고민을 털어놓은 건 주로 성적 때문이었어요.

우리 아빠는 너무 엄해요. 시험을 보고 나면 그날 바로 예상 점수를 적어 내야만 하고, 성적이 떨어지면 떨어진 대로 오르면 오른 대로 얼마 오르지 못했다며 야단맞아야 해요. 예상 점수와 실제 점수가 많이 다르면 그야말로 초토화죠. 저는요, 시험 성적이 낮아지거나 대학에 떨어지는 것도 걱정이지만 아빠한테 혼나는 게 더 무서워요.

성적표를 들고 걱정하고 있으면 그 친구가 위로해 주고 격려해 주었어요. 친구의 위로와 격려를 받고 나면 성적도 오르고 마음도 어느 정도는 편해지더라고요.

그런데 어느 날부터인가 그 친구가 나를 멀리한다는 느낌이 들었어요. 일시적인 것이라고 생각했어요. 하지만 아니더라고요. 어느 날, 내가 성적표를 들고 또 불안해하고 있는데 지나가면서 이러는 거예요.

"또 엄살이냐? 나보다 공부도 잘하면서 유난은……. 너 위로하는 거 지겹다. 앞으로 아는 체 하지 마."

이러면서 휙 가 버리더라고요. 너무나 황당했어요. 제가 그렇게 잘못한 걸까요?

여러분이 병수라면 어떻게 할까요

"친구의 마음이 풀리고 내 입장을 이해해 줄 때까지 거리를 두겠어요. 서로 불편한 상태에서 억지로 친한 척 다가가면 오해만 쌓이고 상처가 커질지도 몰라요. 이럴 때는 일시적으로 거리를 두는 것도 좋을 것 같아요. 그래도 친구의 마음이 바뀌지 않으면 어쩔 수 없죠. 나를 이해하지 못하는 친구는 가까이 두고 싶지 않으니까요."

거리를 두기로 했다니 많이 힘들었던 것 같습니다. 그렇지만 생각해 보세요. 외형적으로는 그 친구와 거리를 둘 수 있을지 몰라요. 그런데 실제로 마음 안에서는 그 친구에 대한 서운함, 원망이 계속 자라나기 쉽다는 사실을 외면하고 있지는 않은가요?

친구의 신발을 신으면 기분이 어떨까요? 불편하고 힘들지 몰라요. 발의 크기부터 다르겠죠? 게다가 친구의 발 생김새를 따라 모양이 달라졌을 거예요. 그렇게 그 친구 입장에 서서 그 친구가 나를 정말 이해하지 못하는 친구였을까 한 번 더 되돌아보았으면 합니다.

친구는 병수를 이해하면서 자기도 병수한테 이해 받기를 기대했을 수 있어요. 그 친구의 성적은 병수보다 낮은 모양이던데요, 그렇다면 병수의 이야기를 들으면서 자괴감에 빠졌을지 몰라요. 내가 뭐 잘났다고 나보다 공부도 잘하는 애의 공부 걱정을 허구한 날 들어주나 하면서 말이죠. 그런 속상함과 실망감이 쌓여 홧김에 그런 말을 했을 수도 있어요.

친구도 미안하기는 한데 먼저 말을 꺼내기 힘들어 고민할 수 있어요. '다시 예전의 상태로 돌아가기 힘들겠지? 돌아간다고 해도 좋을 수 없겠지?' 이렇게 생각할 수 있거든요.

먼저 다시 다가가 보세요. 너무나 긴 냉각기는 친구 사이를 돌이킬 수 없게 할 수 있으니까요. 그리고 내가 친구에게 무엇을 할 수 있을지도 생각해 보세요.

"당장 친구에게 달려가 오해를 풀어야겠어요. 내가 얼마나

힘든지, 우리 아빠가 얼마나 무서운 분인지 자세하게 말해 줄 거예요. 그리고 내가 그 친구를 위해 해 준 일도 말할 거예요. 짚고 넘어갈 건 짚고 넘어가야죠. 그래야 오해가 풀리겠죠."

화끈하게 당장 해결하는 성격이군요. 상황을 분명히 하겠다는 생각은 그 자체로 볼 때에는 좋습니다. 그런데 그동안 그 친구만큼 나를 잘 알고 있는 사람도 없지 않았나요? 고민을 터놓고 말할 때 귀담아 들어주는 가장 가까운 친구였으니까요.

하지만 지금 그 친구를 찾아가 설명을 늘어놓는다고 해서 당장 문제가 해결되리라고 기대하기는 어렵습니다. 서로 감정이 상해 있는 상황이니까요. 아무리 좋은 말을 해도 '됐어. 너 잘났어!' 하는 식의 반응이 나오기 쉽습니다. 감정이 상한 상태에서 시시비비를 가리자고 하면 오히려 사이만 더 나빠질 수가 있어요.

모든 일은 시기가 중요합니다. 오죽하면 "타이밍이 전부"라는 말이 있겠어요. 설명할 때 하더라도, 친구에게도 돌이켜볼 시간을 주고, 나 역시 마음이 안정된 뒤에 하는 편이 좋겠습니다. 그리고 '아' 다르고 '어' 다른 차이를 헤아려 충분히 생각한 뒤 내 마음을 전하도록 하세요. 마지막으로, 친구의 이야기를 들을 자세도 되어 있어야 한다는 것, 알고 있죠? 화해할 때에는 말하는 것 이상으로 듣는 것도 중요해요.

"관계가 서먹해질 만큼 오래 끌지는 말아야겠죠. 친구의 화

가 한풀 꺾였을 때에 다가가 그 동안 내게 애써 준 것에 고맙다고 말하고, 내게 느꼈을 서운함은 사과해야겠어요. 다시 좋은 친구가 되고 싶거든요."

사려 깊게 선택했군요. 여러분이나 친구는 각자 자기만의 생각과 감정을 가진 독특한 존재입니다. 내가 어떤 상황에 두렵고 마음 상하는 것이 당연한 것처럼, 친구도 특별한 상황에서 속상하고 섭섭한 마음을 가질 수 있어요. 친구는 나를 일방적으로 돕기만 하는 도우미 로봇이 아니니까요. 친구가 그런 마음을 가질 수 있다는 것부터 인정해야 합니다.

사과할 때에는 우정에 대한 고마움을 표현하고 그 친구가 느꼈을 서운함에 대해 진심으로 사과해야 합니다. 곤란한 상황을 넘기려는 형식적인 사과라면 친구의 마음을 풀기 어렵고 앞으로 또 문제를 만들 수 있거든요. 관계는 서로 노력해서 만들어 가는 거예요. 아무리 주는 것이 아름답다고 하지만 한쪽이 일방적으로 소진되는 느낌을 받는 것은 좋지 않아요. 서로 노력해서 튼튼한 친구 관계를 충실히 쌓아 갈 수 있으면 좋겠어요.

갈등을 딛고 일어나 사소한 문제로 흔들리지 않을 만큼 돈독한 친구가 된다면 이것이 다른 인간관계를 만들어 가는 데에도 중요한 밑거름이 될 수 있지요. 오해를 풀고 배려하는 과정을 거치면서 다른 사람과의 만남에서 생기는 갈등을 해결할 방법을 배웠을 테니까요.

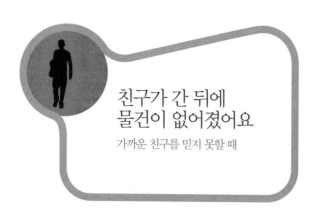

친구가 간 뒤에
물건이 없어졌어요

가까운 친구를 믿지 못할 때

고1 성규는 여전히 진영이가 의심스럽다

친한 친구가 한 명 있어요. 진영이라고 중학교 2학년 때부터 친하게 지내 왔어요. 진영이는 마음이 넓어서 제가 여자 친구랑 만나다 고민이 생기면 진지하게 들어주고 조언도 해 주곤 했어요. 제 여자 친구와 진영이를 같이 만나기도 했는데, 잘 어울렸고 어떨 때는 셋이 영화를 보러 가기도 했어요. 진영이는 여자 친구가 없어서 조금 속상해 했지만 그렇다고 심각한 건 아니었어요.

그런데 한 3주 전인가, 진영이가 저희 집에 놀러 왔다가 간 후 여자 친구가 제게 선물해 준 모자가 없어진 거예요. 아무리 찾아도 모자가 보이지 않았어요. 진영이가 그럴 리 없다고 생각하면서도 의심 가는 건 진영이뿐이었어요. 예쁜 여자 친구 생겨서 좋겠다고 부러워하던 표정, 모자 멋지다며 한 번만 써 보자고 조르던 모습이 막 생각나면서, 기분이 나쁘고 찜찜한 거예요. 친구를 의심하면 안 되는데 이렇게 의심이 되니 어쩌면 좋을까요?

가까운 친구를 의심하게 되었다면

물건을 잃어버렸다면 분실물 센터로 가야 하는데 성규는 왜 상담을 청했을까요? 모자를 꼭 찾고 싶은 마음도 있겠지만, 이렇게 상담까지 청하는 것은 다른 풀리지 않는 고민 때문일 거예요. 그게 뭔지는 여러분도 알겠죠? 바로 '의심'이지요.

이참에 교우 관계에 필요한 것은 무엇인지 생각해 보죠. 친구 사이에 필요한 것을 꼽아 보라면 무수히 많아요. 반대로 없어도 될 만한 것부터 하나씩 빼 보라고 하면 맨 마지막에는 무엇이 남을까요? 아마도 신뢰가 남지 않을까 싶습니다. 친구 사이의 믿음은 다른 어떤 것을 주고도 바꿀 수 없습니다. 믿음이 흔들리면 주춧돌이 빠진 건물처럼 그간 쌓아 온 우정이 순식간에 무너져 내릴 수 있거든요.

믿음과 신뢰를 흔들어 놓는 것은 의심입니다. 이 '의심'은 자라는 속도가 엄청 빨라요. 한번 마음속에 씨앗을 뿌리면 얼마 지나지 않아 마음 전체를 뒤덮을 만큼 무성해집니다.

이마를 잔뜩 찌푸린 성규. 의심하고 있는 현실도 괴롭지만 한편으로는 친구와의 관계를 앞으로 어떻게 풀어 가야 할지도 고민이겠군요. 어떻게 해야 친구와의 사이에 낀 의심과 불신을 씻을 수 있을까요? 여러분이 성규라면 어떻게 하겠어요?

'우정을 함부로 믿을 게 못 돼'

혹시 '사랑 앞에선 우정도 믿을 게 못 돼.'라고 생각하지는 않나요? 삼각관계라도 상상하고 있지는 않은지요? 오랜 친구인 진영이를 의심 어린 눈으로 보니 말이죠.

만일 진영이가 성규의 모자에 손을 댔다 하더라도 그게 꼭 삼각관계나 질투 때문이라고 할 수 있을까요? 모자가 멋져 잠시 써 보고 싶은 것이었다면요? 게다가 진영이가 모자를 가져간 것이 아니라면? 한 술 더 떠 성규의 의심을 진영이가 눈치 챘다면요?

친구를 의심하기는 쉽습니다. 답답한 마음에 진영이에게 따져 물을 수도 있겠죠. 하지만 그것이 미칠 영향은 상당합니다. 설사 진영이가 모자를 가져갔다 하더라도 성규가 추궁하면 둘의 관계에 큰 변화가 생기죠. 그러니 의심에 가득 차 내 생각만 퍼붓기 전에 숨고르기를 먼저 해보세요. 깊게, 깊게 말이죠.

그래도 찜찜한 기분을 어쩔 수 없다고요? 그렇다면 진영이에게 물어본 다음 벌어질 일들을 생각해 보죠. 사실 여부를 떠나 진영이가 정색하며 아니라고 하면 어떻게 될까요? 여전히 의심은 마음속 깊은 곳에서 피어오르겠지만, 달리 할말도 없겠죠. 서로 감정이 상해 오랫동안 쌓아 온 우정도 순식간에 흔들릴 수 있겠고요.

이 경우 중요한 것은 마음속에 박힌 의심이라는 가시를 잘 다루는 일이에요. 내가 탐정이 아니라 친구이기를 바란다면 과감하게 믿어 주어야겠죠. 확실하게 따져 봐서 진실을 캐내기 어렵다면, 의심의 가시가 마음에 더 깊이 박히지 않도록 마음을 다스릴 필요도 있어요.

'누가 그랬는지 알아야만 하잖아요'

표면적으로는 중립적인 태도를 유지하리라 결심하고 있지만 진실을 알고 싶은 마음을 억누를 수 없다고요? 친구 집에 놀러 가면 몰래 장롱이라도 뒤져서 물증을 찾아내겠다고요?

정확하게 판단 내릴 때까지는 폭발을 미루기로 한 점, 지금 당장의 감정을 다스리는 점은 칭찬해 주고 싶어요. 하지만 이왕 쿨하게 반응한 김에 조금 더 큰 미션을 해보는 건 어떨까요? 기회를 봐서 적당한 때에 진영이에게 심정을 솔직하게 털어놓는 겁니다. 적당한 때와 상황을 선택하고 신중에 신중을 기해 얘기해야 할 테지만요.

"솔직히 나도 모르게 너를 의심하게 됐어. 네가 아니라고 믿고 싶어. 그래도 가끔 이상한 생각이 들어. 지금 이렇게 얘기하는 것은 꼭 뭔가를 밝혀내려는 게 아니라, 소중한 우정을 잃고 싶지 않아서야. 혹시 나한테 할말 없어?"

이렇게 말한다면 진영이가 조금 서운하기는 하겠지만 무턱대고 펄쩍 뛰지만은 않을 거예요. 만일 이런 말에 진영이가 지나치게 흥분한다면 그것이야말로 의심스러운 정황일지도 모르겠네요.

'다 잊어버리고 싶어요'

혹시 모자든, 여자 친구든, 진영이든, 모두가 피곤하고 골치 아프게 느껴지는 건 아닌가요?

'모자는 모자일 뿐이지, 다 잊어버리고 명랑하게 살래.'

성급하게 후다닥 결정해 버리지는 않았나요? 모자는 없어졌지만 여자 친구나 소중한 친구는 잃어버릴 수 없다, 그러니 더 이상 고민하지 말자, 이런 심정인 것 같습니다.

복잡한 의심을 거두어들이고 긍정적으로 생각하기로 한 점은 칭찬해 주고 싶어요. 하지만 이 경우 몇 가지 앙금이 남을 수 있어요. 여자 친구는 성규가 왜 모자를 쓰지 않는지 궁금해할 수 있어요. 만일 성규가 모자를 가져갔다면 성규 역시 가끔은 진영이의 속마음이 궁금해질 수 있고요. 아무튼 예전처럼 세 사람이 만나 즐겁게 어울리기는 어려울 것 같네요.

이런 문제를 어떻게 다룰지, 생각을 정리해 보는 게 필요할 것 같아요. 만일 정리가 안 되면 갑작스레 원하지 않는 방향으로 감정이 터져 나올 수 있거든요. 여자 친구에게 모자의 행방을 어떻게 말할지, 의심은 어떻게 다룰지, 세 사람이 마주칠 일이 있을 때 어떻게 대처할지를 차분히 생각하고 나름대로의 방침을 정해 보면 어떨까요.

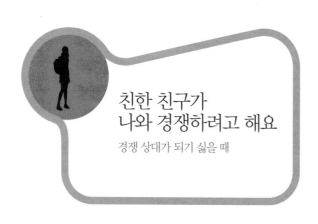

친한 친구가
나와 경쟁하려고 해요

경쟁 상대가 되기 싫을 때

동아리 친구 때문에 힘든 영인이의 고백

노래를 좋아하기도 하고 잘하기도 해서 1학년 때부터 합창
반에 들어가 활동했다. 일주일에 두세 번 모여 연습하는 게
부담스럽긴 해도 재미는 있었다. 내가 즐겁게 활동하는 것을
보더니 짝도 관심을 보였다. 그 애도 제법 노래를 잘하는 편
이다. 짝은 나 말고는 이야기 나누는 사람도 별로 없고, 다른
반 애들 중에서도 친한 애가 없었다. 친구도 사귀고 노래도
하면 좋을 것 같아서 합창반에 데리고 갔다.

그런데 그 애가 합창반에 온 뒤 한 첫마디는 "진짜 잘생긴
남자애들 많네!"였다. 노래는 둘째고 남자가 먼저인 듯했다.
합창반에 들어오기 전에는 바빠지면 나오지 못할 것 같다고

빼더니만 매주 빠지지 않고 출석했다. 어쨌든 그 애가 합창반을 좋아하니 나도 잘 적응할 수 있도록 이것저것 도와주었다. 친구도 소개해 주고 악보도 보내 주면서 말이다.

하지만 그 애가 합창반 활동을 시작한 뒤부터 불편한 상황이 자꾸 벌어졌다. 난 합창반 활동을 오래 했으니까 아는 친구가 많은데 그 애는 그걸 지나치게 부러워한다. 내가 아는 남학생과 인사만 해도, 얼굴빛이 달라지면서 "너는 친한 애들 많아 좋겠다. 쟤랑은 어떤 사이야?" 한다.

내가 합창반의 다른 친구들과 재미있게 수다라도 떤 날이면 이튿날 교실에서 내내 짜증을 낸다. 자기는 혼자여서 불편해 죽겠는데 나 혼자 희희낙락이라고. 그렇게 시비를 거니 마음이 너무 불편했다. 자기도 같이 섞여서 얘기했으면 되는 거 아닌가.

지난주 연습 때는 내가 솔로 파트를 맡아 노래를 불렀는데, 목소리가 갈라진다는 둥 음이 불안정하다는 둥 투덜거리면서 지적을 해 댔다. 그 애 곁에 있으면 질투심에 이글거리는 눈빛이 느껴져 괴롭다. 교실에서도 그렇지만 합창반에 가면 심해진다. 괜히 합창반에 가입시켰나 보다. 이제 와서 나가라고 할 수도 없고, 짝인 걸 남들도 아는데 따돌릴 수도 없으니 말이다.

'왜 나와 경쟁하려는 거야?'

우리의 얼굴은 특별한 경우가 아니라면 눈 두 개, 코 하나, 입 하나 이렇게 구성되어 있죠. 그런데 이렇게 간단한 기본 구성에도 불구하고 주변에 있는 친구들을 보면 어찌나 다르게 생겼는지요. 외모가 각양각색인 것처럼 그들의 마음이나 생각도 각자 다 다릅니다.

합창반에서 모두 함께 목소리를 맞추어 아름다운 화음을 만들어 내는 그 순간은 참 멋있어요. 저마다 목소리가 하나로 어우러지는 것보다 더 어려운 것이 뭔지 아나요? 서로 다른 생각과 마음을 하나로 뭉치는 것이지요. 더구나 영인이의 짝처럼 불타는 경쟁심을 대놓고 드러내는 경우라면 더욱 힘든 일입니다.

경쟁심 자체는 나쁜 것이 아닙니다. 아직 학교에 들어가기 전의 어린아이라면 경쟁심은 아이가 제대로 크고 있다는 성장의 증거이기도 합니다. "나는 평생 단 한 번도 경쟁심을 가져본 적이 없어!" 하는 이야기는 오히려 비정상이라는 의미예요. 다만 모든 게 그렇듯이 경쟁심도 때와 장소를 가려야 합니다. 적절한 때와 적절한 장소에서 갖는 적절한 경쟁심만이 나와 타인의 성장에 도움을 줄 수 있으니까요.

영인이는 외톨이처럼 지내는 짝이 불쌍해서 다른 친구들을 만날 기회를 주려고 애쓴 것 같아요. 그런데 이런 결과를 맞다니, 상처를 많이 받았겠죠? 더 이상 상처받기 싫어서 황급히 자리를 떠나고 싶을지 모릅니다. 나를 불편하게 하는 사람은 피하고 싶은 게 인지상정이니까요.

영인이가 뭘 잘못한 건 아니니까, 영인이의 짝을 제외하면 누구든 영인이를 탓하긴 어렵겠죠. 하지만 자기 잘못이 아니라고 나 몰라라 하면 문제가 더 심각해질 수 있습니다. 약하면 깨지기 쉽거든요. 깨지면 주변 사람을 미워하게 마련이고요. 깨진 조각으로 자신과 남에게 상처를 줄지도 몰라요. 짝의 마음을 헤아려 도와주지 않으면 영인이도 불편하고 힘들어질 수 있어요.

영인이는 그 친구가 왜 합창반에 나오는지 진지하게 생각해 보면 좋겠어요. 알고 보면 그런 친구야말로 음악과 모임 같은 정서적인 지지가 절실히 필요할 수 있거든요. '귀찮아 죽겠네.' 하면서 멀리하다 보면 합창반의 제삼자에게는 영인이가 오히려 불친절한 사람으로 비칠 수 있어요. 설마 그렇게 되고 싶은 건 아니겠지요? 그러니 아예 관계를 끊을 듯 매몰차게 등 돌리기보다 조금 더 이해하고 노력하면 어떨까 싶어요. 어쩌면 이것이 그 친구와 나 모두를 위한 길일 수 있어요. 그 친구의 입장에서 한 번 더 생각해서 다가설 수 있으면 좋겠어요.

나와 '경쟁'하려는 진짜 이유

"잘 지내는 척하더라도 그 친구에게 다시 마음을 열기는 쉽지 않을 것 같아요."

그 친구의 경쟁심이 영인이에게 상처를 준 것처럼 영인이가 불편한 마음을 품으면 그 짝도 힘들어진다는 사실을 알아주었으면 해요. 감싸 주는 영인이에게서 그 친구의 열등감이나 상처들이 치유된다면 두 사람의 관계도 좋아질 수 있답니다.

어쩌면 영인이의 짝은 경쟁심이 유달리 강한 사람일지도 모르겠어요. 그래서 친구들과 친해지기도 힘들었던 건 아닐까요?

한편으로 경쟁심은 잘만 사용한다면 에너지를 끊임없이 공급하는 원천이 될 수 있습니다. 영인이의 짝도 과도한 경쟁심으로 상처받는 것이 아니라, 삶에 활력을 주는 즐거운 경쟁심 정도만 느낄 수 있다면 좋겠네요. 영인이의 작은 배려와 합창반에서 누리는 음악이나 교제가 짝의 변화에 힘이 될 수 있다고 생각해요.

마음에 상처가 없는 사람은 이 세상 어디에도 없지요. 지금 영인이도 짝 때문에 마음이 아픈 것처럼 말이죠. 하지만 우리는 상처를 끌어안으며 자랍니다. 영인이가 그 친구의 속마음을 이해하고 이를 기회로 한 뼘 더 성장하듯, 친구도 지나친 질투심을 건전한 경쟁으로 전환하며 성장할 수 있겠죠.

"도무지 친구가 달라질 것 같지 않고, 계속 불편하기만 할 것 같아요."

그렇다면 이해와 배려를 넘어서 대화가 필요할 듯하네요.

이때 한 가지 주의할 것이 있습니다. 감정을 앞세우지 말아야 한다는 것입니다. 감정은 통제하기 힘든 경우가 많으니까요. 아무리 좋은 의도를 갖고 만나 이야기를 나눈다고 해도 생각나는 대로 조절하지 않고 쏟아 내면 더 큰 상처를 주고받기 쉽거든요.

미리 말할 내용을 간단히 메모해 보고 하루이틀 지난 뒤 그 메모를 다시 보세요. 그때에도 꼭 말해야겠다고 결심이 선 말들만 조심스레 해보세요. 미리 생각해 두었던 범위 이상은 절대적으로 피하자, 그 친구의 이야기를 먼저 들어주려고 노력하자 등등 나름의 원칙을 세워 놓는 것이 안전합니다.

이런 말이 위로가 될지는 모르겠지만, 하지 않을 수 없네요. 그래도 영인이는 행복한 사람이라고 말이에요. 노래도 잘하고 인기도 있는 사람이 되는 게 어디 쉬운 일인가요? 부러움을 한몸에 받으면서 도움을 줄 수 있는 입장에 선다는 게 얼마나 소중한 일인지 깨달았으면 좋겠어요. 그렇게 되면 짝을 바라보는 시선도 예전보다 더 따뜻하고 부드러워질 수 있을 테니 말이죠.

말실수일 뿐인데
물고 늘어지다니
정말 보기 싫은 친구가 있을 때

'그 녀석' 때문에 힘든 고2 선우

저는 인기가 있는 편이에요. 1학년 때는 반장도 했으니까요. 아직도 주변에 친구들이 많은 편이에요. 그런데 한 녀석이 저를 괴롭혀요. 심해도 너무 심해요. 그래서 그 녀석을 죽이고 싶고, 그 녀석을 보는 것도 견딜 수가 없어요.

그 녀석, 이름을 밝히기는 그래서 태성이라고 해 둘게요. 작년부터 알고 지냈는데, 처음 사귈 때는 어떤 애인지 몰랐어요. 키 크고 조용하다는 느낌 정도만 있었죠. 이후에 어울려 지내면서 학교생활이 점점 재미있어졌어요. 서로 신이 났고 장단도 맞았어요.

어느 날 제가 말실수를 했어요. 아니, 정확하게 말하면 거짓말을 했어요. 말도 안 되는 거짓말이기는 한데, 그때는 저도 모르게 그런 말을 하고 말았어요. 제정신이 아니었나 봐요. 그런데 태성이한테 거짓말이 들통났어요. 그 당시에는 녀석이 이해하고 받아 주더라고요.

문제는 몇 달 뒤에 생겼어요. 태성이랑 사이가 벌어지고 난 다음에 말이죠. 녀석이 제가 거짓말했다는 걸 다른 친구들한테도 다 떠벌린 거예요. 그러고는 잔뜩 험담을 하고 다녔어요. 2학년이 되어서도 계속 그러더라고요. 저는 거짓말쟁이로 낙인찍혔고, 다른 친구들도 슬슬 저를 피하는 눈치더라고요. 거짓말쟁이라며 놀려 대기도 하고요.

처음에 그 녀석과 사귈 때 어떤 친구가 와서 경고했어요. 태성이와 사귀면 인생이 고달파진다고요. 그때 그 말을 들었어야 했는데……. 경고를 받아들이지 않은 것도 저고 거짓말한 것도 저니 솔직히 할말은 없어요. 하지만 녀석이 하는 짓거리를 더는 용서 못 하겠어요. 한 번 실수한 것 가지고 두고두고, 더구나 다른 친구들에게까지 다 소문내면서 저를 괴롭힐 건 없잖아요. 이건 배신보다도 더 심한 거 아닌가요? 맞죠?

치부가 드러나 난처해졌을 때

여러분은 자기 모습이 마음에 드세요? 그렇다고 자신 있게 고개를 끄덕일 수 있다면 참 좋겠지만, 많은 이들은 자기 자신의 모습에서 불평 거리를 잘도 찾아내고 남을 부러워한답니다. 키 작은 사람은 키 큰 사람을 부러워하고, 공부 잘하는 사람은 더 잘하는 사람을 부러워하며, 공부를 더 잘하는 사람은 운동 잘하는 사람을 부러워하고, 친한 친구가 세 명 있는 사람은 반에서 인기가 제일 많은 사람을 부러워합니다.

적당하게 이상화된 자신을 품는다면 이것은 삶의 목표로 작용할 수도 있어요. 나아갈 바를 가리켜 보여주는 지침이 되는 것이지요. 하지만 이상화가 지나치면 그것은 문제가 된답니다. '나는 이러이러한 사람이 되어야만 해.' 하고 스스로를 닦달하거든요. 어떤 때에는 그런 높은 기준에 도달하지 못하는 자신에게 불같이 화를 냅니다.

가만히 보면 선우도 이상화된 자신의 기준이 높은 사람이 아니었을까 싶습니다. 기대를 많이 하다가 그 기대가 무너지면 더 아픈 법이잖아요. 선우 역시 그럴듯해 보이고 싶었던 터에 거짓말이 들통나면서 놀림감이 되어 더 힘들어졌죠.

선우의 고민을 좀더 들여다보겠습니다. 태성이가 선우에게 기분 나쁜 짓을 한 건 사실이죠. 어느 누구도 자기가 거짓말쟁이라고 소문나기를 바라지는 않거든요. 더구나 한 번의 실수로 계속 꼬투리를 잡는다면 화가 날 만하죠. 선우가 거짓말을 하지 않았더라면 상황은 달랐겠죠. 당당히 맞서거나 헛소문이라고 넘겨 버릴 수도 있었을 테니까요. 하지만 선우가 거짓말 한 것 역시 부인할 수 없으니 상황이 꽤 난처해졌네요.

선우는 태성이를 죽이고 싶을 만큼 밉다고 했어요. 아무리 태성이 때문에 마음이 상하고 친구들 사이에 엉터리로 낙인이 찍혀 힘들다고 하더라도 '죽이고 싶다'는 것은 지나치지 않을까요? 여러분은 태성이가 정말로 죽을죄를 지었다고 생각하세요?

선우가 왜 이렇게 화가 났는지 이해하려면 태성이가 등장하면서 선우가 어떻게 달라졌는지 살펴봐야 합니다.

원래 선우는 인기가 있는 편이었죠. 친구들도 많았고, 학교 생활도 재미있고. 나름대로 즐겁게 살고 있었을 거예요. 그런데 아무리 자기의 잘못이라 하더라도 태성이가 선우의 약점을 퍼뜨림으로써 선우는 놀림감이 되고 얕잡아 보이는 사람으로 추락하고 말았어요. 그래요. 선우는 태성이가 '잘 나가는 사회적 나'를 죽였다고 생각하고 있어요. 앞에서 말한 '이상화된 자신'이 태성이 때문에 상처를 입어 회복 불가능한 상태에 빠졌다고 느꼈어요. 그러니 눈에는 눈, 이에는 이 식으로 당한 그대로 갚아 주고 싶어진 거예요. '잘 나가는 사회적 나'를 죽인 태성이를 없애고 싶은 거지요.

그렇다면요, 정말 태성이가 선우의 이상화된 자기를 죽인 것이 맞을까요? 태성이를 옹호할 생각은 전혀 없어요. 태성이에게도 분명 문제가 있거든요. 태성이에 대한 질문은 상황을 냉정하게 객관적으로 바라보는 시선이 필요해서 하는 거예요. 지

금 선우는 자신이 더 이상 친구들의 관심과 사랑을 받지 못하고 추락한 이유를 태성이한테서만 찾고 있습니다. 하지만 곰곰이 생각해 보세요. 그 이유는 선우 안에서도 찾아야 하는 게 아닐까요?

배신이라 느끼면서 화가 나는 것은 이해합니다. 그렇지만 내가 태성이에게 해코지를 한다고 해도 배신의 상처를 씻지는 못해요. 오히려 선우 자신이 '가해자'가 되어 버리는, 극히 나쁜 결과를 가져올 뿐이죠. 고통의 원인을 다른 누군가에게 돌리고 그에게 복수하는 것은 쉬워 보여요. 그러나 그것은 정답도, 진정한 해결책도 아니랍니다.

선우 스스로 할 수 있는 일, 자기가 책임져야 할 일들을 발견하고 맞서 나가기를 바랍니다. 선우가 친구들에게 자기 잘못을 솔직히 인정하고 무너진 신뢰를 다시 쌓으면 어떨까요.

"그때 거짓말한 건 사실이야. 나 스스로도 창피하게 생각해. 하지만 같은 잘못을 반복할 생각은 없어."

이렇게 말하는 것만이 '거짓말쟁이'라는 낙인을 벗고, 관계를 회복하는 첫걸음이 될 것 같아요. 그런 노력을 쌓으면 태성이도 더 이상 선우를 괴롭힐 명분을 찾기 힘들 거예요.

선우가 이 힘든 시간을 이겨 내고, 다시 즐거운 학교생활을 회복할 수 있기를 바랍니다.

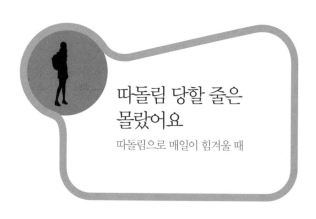

따돌림 당할 줄은
몰랐어요
따돌림으로 매일이 힘겨울 때

따돌림과 괴롭힘에 힘든 중2 유나

친구들과 지내기가 너무 힘들어서 찾아왔어요. 저요, 흔히 말하는 왕따거든요. 우리 반에서 저랑 놀아 주거나 같이 이야기해 주는 친구는 한 명도 없어요. 그나마 학교에 친구라고 할 수 있는 애들이 두 명 있기는 했어요. 초등학교 때부터 사귄 친구와 중학교 1학년 때 같은 반이었던 친구요. 그런데 지금은 둘 다 다른 반이어서 만날 기회가 많지 않아요. 게다가 그 일마저 생기고…….

그 일 이후로는 그 애들마저 저를 괴롭혀요. 바보 같다고 욕하고 아는 척하지 말라고 화도 내죠. 잠깐 상대해 주다가도 조금만 안 좋은 일이 생기면 바로 제 탓을 해요.

그 일이요? 지난주 월요일에 생긴 일이에요. 친구들과 집 근처에서 운동을 하고 돌아오는 길에 새끼 고양이를 발견했어요. 트럭 바퀴 사이에 있는 고양이를요. 놀라서 꺼내 주려 했는데 자기 발로 나오더라고요. 두고 가려고 했는데, 가만 살펴보니 배가 고파 보였어요. 둘은 나더러 지키고 있으라고 하고는 근처 가게에 우유와 과자를 사러 갔어요.

그런데 길을 지나가던 오빠들이 고양이를 발견하고는 홱 빼앗아 갔어요. 꼬리를 잡아 흔들흔들 들고 가는 거예요. 그 때 친구들이 왔지만 우리는 너무 놀라 아무 말도 하지 못했어요. 그런데 그 오빠들 중 한 명이 고양이를 공중으로 띄우더니 발로 뻥 차는 거예요. 축구공처럼 말이에요.

어떻게 해야 할지 몰라 멍하니 서 있는데, 친구 하나가 그 고양이를 찾아 달려갔어요. 다른 친구도 그 친구를 따라갔고요. 그런데 하필 그때 엄마한테 전화가 온 거예요.

"너 이 시간까지 안 들어오고 어디서 뭐해? 당장 집에 안 들어오면 문을 잠가 버릴 거야!"

제가 설명하려고 했지만 엄마는 듣지도 않고 전화를 끊었어요. 그 사이 친구들은 안 보이는 곳으로 사라져 버렸고, 저는 할 수 없이 집으로 갔죠.

다음날 학교에서 친구들을 만났는데, 친구들이 그러는 거예요. 그 고양이가 차도로 떨어져 죽었다고. 그리고 저를 막 몰아세웠어요.

"나쁜 계집애. 너만 살려고 했어. 너 때문에 고양이가 죽었어. 너도 벌을 받아야 해."

그러면서 기억도 다 못 할 만큼 온갖 험담을 했어요. 억울하고 속상해서 엄마 때문이었다고 설명하면서 울었더니 이러는 거예요.

"넌 울 자격도 대꾸할 자격도 없어. 이제부터 계속 찌질하게 살아. 앞으로 쭉."

선생님, 그 애들마저 없으면 저는 정말 왕따일 텐데, 어떡하죠? 어떻게 해야 그 애들이 저를 용서해 줄까요?

친구 문제로 상처 받은 이들에게

사람은 사회적인 존재입니다. '인간(人間)'이라는 한자가 '사람들 사이'라는 의미를 갖는다는 말을 들어봤을 거예요. 단어 자체에 들어 있는 의미처럼 '사람들'을 떠난 '사람'은 생각하기가 어렵습니다.

인간관계는 세상을 살아가는 힘이 되지요. 서로 의지하고 소통하고 주고받으면서 우리는 재충전의 기회를 얻거든요. 그러나 마음 아프게도 인간관계에서 상처와 고통을 주고받는 경우도 많이 있지요. 특히 사랑하고 의지하는 사이에서 받는 상처는 그 아픔을 헤아릴 수 없을 정도입니다.

스스로를 '왕따'라고 말하는 유나가 안고 있을 상처를 어떤 말로 위로할 수 있을까요. 그렇게 지내는 것도 힘든데 고양이 사건까지 터지는 바람에 뒤죽박죽된 유나. 마음의 상처에서 흘러나오는 피가 눈에 보이는 듯합니다.

그나마 있던 친구조차 이 일로 영영 등을 돌리면 어쩌나? 고양이는 차에 치여 죽을 때 얼마나 아팠을까? 그게 정말 나 때문은 아닌가? 왜 하필 그때 엄마가 그렇게 전화를 해서 일을 이렇게 힘들게 만들었나? 여러 가지 생각이 들 거예요.

고통스러운 감정들이 유나의 마음을 뒤흔들 수 있겠죠. 그런가 하면 애꿎은 사람을 왕따 만들고 상처 입힌다고 소리치며 비난하고 싶은 마음도 굴뚝같을 거예요. 하지만 지금의 유나로서는 그러기도 힘들고, 설령 그런다고 문제가 해결되지도 않을 거예요. 엄마에게 화풀이하기, 새끼 고양이를 학대한 오빠를 찾아가 혼내 주기, 자기 탓만 하는 친구들의 사과를 받아 내기…… 전부 다 어려운 일이니까요. 그렇다면 유나는 어떻게 해야 할까요?

현재 상황에서 마음이 아프고 힘든 것은 지극히 정상입니다. 우선 그것을 인정해야 해요. 그리고 이게 나쁜 것만은 아니라는 점도 알아야 해요. 상처를 받을 때 마음이 아프고 괴로운 것은 그만큼 건강한 마음을 가졌다는 의미이기 때문이지요.

그렇게 볼 때 아무렇지도 않게 고양이를 발로 찬 그 오빠들이야말로 문제가 많아요. 귀엽고 사랑스럽고 불쌍하기까지

한 새끼 고양이를 잔인하게 괴롭혔으니 말이에요. 아마 그 오빠들은 이미 폭력에 노출되어 감정이 메마르고 왜곡되어 있을지도 몰라요.

그리고 친구라고 불러도 좋을지 모르겠지만, 그 두 친구 말이에요. 그들은 아마 유나 곁을 떠날지도 몰라요. 그동안 유나는 그들을 친구로 생각하고 의지했더라도 그 친구들의 태도에서는 유나를 배려하는 마음이 그다지 느껴지지 않거든요. 셋이 함께 겪은 나쁜 일이 어찌 유나 탓일까요? 왜 가게는 둘이서 가면서 망은 유나 혼자 보게 했을까요? 유나가 울면서까지 사정을 설명했는데 왜 귀를 닫아 버렸을까요?

어쩌면 유나는 바닥부터 새로 시작하는 마음으로 철저히 혼자가 되어야 할지도 몰라요. 힘들 수 있어요. 당연히 아플 테고요. 친구가 없어도 괜찮다고, 말도 안 되는 합리화는 하지 않을게요.

대신 이 시기를 더 좋은 '진짜 친구'를 만나는 기회로 삼으라고 말하고 싶어요. 당장은 불가능해 보일 수도 있겠지만, 유나의 노력에 따라 결과는 달라질 수 있어요. 건강한 관계를 갖고 싶다는 기대감을 포기하지 말고, 마음 착한 친구들을 찾아 조금씩 다가가 보세요. 어렵다고요? 두렵겠지만 이대로 가만히 있는 것이 어쩌면 더 어려운 일일지도 몰라요.

우리 삶은 언제나 대작들로만 가득 채우는 전시회장이 아니랍니다. 부서진 마음과 상처 입은 감정의 파편들을 가지고 만든 나만의 걸작이 더 의미 있어요. 친구들이 조롱하고 비난해도 유나는 따뜻하고 고운 심성을 가졌고, 상처를 받았어도 소중한 관계를 다시 만들어 갈 수 있답니다. 힘내고 다시 시작해 보세요.

누군가를 좋아하면 행복할 줄 알았는데

좋아하는 감정만 있으면 다 될 줄 알았는데
그 때문에 마음과 몸은 헝클어지고 망가지고

가슴이 아파요. 공부는 눈에 들어오지 않고 모든 일에 의욕이 없어요. 돌이킬 수만 있다면 어떻게든 잘 해보고 싶어요. 하지만 전화를 받지 않아요. 메시지를 확인하지 않는 것 같고요.

너를 좋아하는데
너는 왜 나를
좋아하는 사람이 생겼을 때

상호는 고백했지만 거절당해 괴롭다

좋아하는 여자애가 있는데요, 그 애는 나를 이성으로 보지 않아요.

고3 동갑내기고요, 부모님들끼리도 가까운 사이라 어렸을 때부터 친하게 지냈어요. 가족 여행도 같이 가고 식사도 자주 함께했어요. 초등학교 때부터 내내, 커서는 그 친구랑 결혼한다고 철석같이 믿고 있었어요. 그 애도 나를 좋아하는 줄 알았거든요.

수줍음이 많은 애인데, 나한테는 늘 웃고 얘기도 편하게 했어요. 추운 날 만나면 내 손도 불쑥불쑥 잡고 "넌 손이 따뜻해서 좋아." 하는 말도 곧잘 했거든요. 그 애를 정말 좋아했어요.

너무나 가까이 지냈던 사이라 사귀는 거라고 생각했고 앞으로 결혼하는 것도 당연하다고 믿었어요.

그래서 얼마 전에 용기를 내어 고백했어요. 마침 둘 다 수능도 괜찮게 봤거든요. 대학에 들어가서는 부모님께 허락도 받고 당당하게 사귀고 싶었어요. 꽃과 인형을 주면서 고백했는데, 그 애가 막 웃는 거예요. 당황했지만 좋아서 그런가 보다 했어요. 그런데 그 웃음이 멈추질 않는 거예요. 계속 웃다가 옆으로 쓰러지는데 너무나 웃어서 눈물까지 흘리는 거예요. 그제야 이건 아닌데 싶었죠.

"너랑 나랑은 남매나 다름없는 친구인데 왜 닭살 돋는 짓을 하니?"

한참만에야 겨우 진정하더니 이렇게 말하며 면박을 주는 거예요. 완전 망신이었죠. 농담인 것처럼 대충 수습하려 했는데 이미 엎질러진 물이었어요. 분위기 진짜 어색했어요.

그 애가 따로 좋아하는 남자도 없는데 왜 내가 안 된다는 건지 모르겠어요. 힘들 때마다 나한테 전화했고, 손도 자기가 먼저 잡았고, 팔짱도 씩씩하게 끼었으면서 이제 와서 우리는 그냥 친구라니 황당하지 않나요?

여자애들 마음은 정말 알다가도 모르겠어요.

오해와 짝사랑으로 괴롭다면

그래요, 상호의 마음은 이해가 가요. 손도 잡고, 팔짱도 끼고, 힘들면 전화도 하고……. 이 친구가 나를 남자로 좋아하는구나 생각할 수 있었겠죠. 더구나 상호가 먼저 좋아하고 있었으니 오해하기는 더 쉬웠을 거예요. 내 마음이 두근거리고 있다면 상대방의 작은 몸짓도 의미 있는 사건으로 해석하는 경향이 있으니까요. 그러나 그런 느낌이 반드시 사실은 아니라는 걸 이제는 알고 말았네요.

상대방의 마음이 정확히 어떤 상태인지 모를 때에는 내 생각이 상대방에게 반사되어 보이기 쉬워요. 이는 남녀노소 상관없이, 긍정적이거나 부정적인 감정 상관없이 다 적용됩니다. 내가 짜증나면 상대방도 덩달아 기분이 좋지 않아 보이죠. 내가 기분 좋을 때에는 온 세상이 나와 함께 덩달아 웃는 것 같은 기분이 들죠.

이런 마음의 반사 현상을 역으로 이용하면 지금 상대의 기분이 어떤지 알아보는 수단으로 삼을 수 있습니다. 그러나 이는 어디까지나 내 감정을 나 스스로 잘 읽는다는 가정 하에 하는 이야기입니다. 내 감정을 제대로 파악하지 못하면 상대방의 감정을 또 다시 오해할 수 있거든요.

이야기를 장황하게 늘어놓은 이유는, 도저히 이해하지 못하겠다고 언급한 친구의 마음을 조금만 생각해 보는 기회를 가져 보았으면 해서입니다.

그 여학생이 내게 감정이 없다고 생각했다면 고백하는 용기를 내지 못했겠지요. 그만큼 상호는 확신이 있었다는 거죠. 그렇지만 아무리 봐도 여학생의 거절은 쑥스럽고 당황해서 나온 반응 같지는 않아요. 상호를 이성 친구로는 생각하지 않던 것으로 보이거든요. 그러니 상호가 읽었던 그 여학생의 마음, '우리는 서로 좋아해'라는 것은 정확하지 않았던 셈이죠.

상호는 어떻게 하면 좋을까요? 마음을 받아 주지 않아 당황스럽고 민망해서 이대로 사람들이 없는 곳으로 숨어 버렸으면 좋겠다 생각할지도 몰라요. 심한 경우라면 그냥 이대로 세상이 끝났으면 좋겠다 싶을지도 모르고요. 하지만 그러기에는 상호의 삶은 너무나 아깝고 소중해요. 그리고 그 친구도요. 상호를 남자 친구로 생각하지 않는 것은 분명하지만 여전히 소중한 친구로 여기고 있을 거예요.

정말 좋아하고 소중하게 생각한다면

속도 맞춤의 법칙을 알고 넘어갔으면 좋겠어요. 남녀 관계의 핵심 가운데 하나인데요. 청소년 때는 물론이고 어른이 되어서도 알아두면 두고두고 요긴한 법칙이랍니다.

속도를 맞춘다? 어떻게 하라는 건지 금방 느낌이 오나요?

문제는 머리로는 알아도 그대로 실천하기란 쉽지 않다는 것이지요. 서로 동시에 사랑에 빠져드는 것은 영화나 드라마에서는 흔하지만 일상에서는 드문 일이거든요. 대부분의 경우 한 사람이 먼저 상대를 특별하게 생각하기 시작하죠.

그래서 속도 맞추기가 중요해요. 기다려 줄 수도 있고, 때로는 속도를 낼 수 있도록 돕는 시간이 필요하죠. 마음이 급해지면 안 됩니다. 너무 서두르면 겁먹은 상대가 도망칠 수 있으니까요. 반대로 너무 늑장을 부리면? 상대가 제풀에 지쳐 두 손 두 발 들 수 있어요. 그래서 적절한 격려와 이끌어 주는 노력이 필요한 거예요. 표현하지 못하는 사랑은 나만 알고 있는 데에 그친 채 상대방에게 전달되지 않을 수 있지요. 나만 서두르는 사랑도 상대방에게는 부담으로 느껴질 수 있어요.

그 사람을 정말 좋아하고 소중하게 생각한다면, 내 생각만이 아니라 그 사람의 생각과 느낌을 이해하고 존중하는 마음을 가졌으면 좋겠습니다. 그것이 한 사람을 진심으로 좋아하는 방법이니까요. '절친'으로 남아 상대방에게 필요한 관심과 도움을 줄 수 있겠죠. 그렇게 상대방을 기다리다 보면 서서히 그녀의 마음도 상호에게 열릴지 모르잖아요.

그런데도 불구하고 그 사람의 마음이 끝까지 나를 향하지 않는다면? 아쉬운 일이죠. 그렇다고 이 모든 시간이 허무하게 무너지는 것은 아닙니다. 적어도 이 시간에 나는 다른 사람의 마음과 생각을 읽고 이해하려고 노력했고, 기다리면서 내면

이 깊어졌고, 그 친구 때문에 그만큼 세상이 더 아름다워 보였으니까요.

좋아했던 만큼 아름답게 보내 주는 연습을 하는 것도 누군가를 깊이 좋아했던 사람에게만 허락되는 특별한 경험일 것입니다. 비록 아프더라도 말이죠. 지금의 아픈 경험은 나중에 내가 누군가를 만날 때 필요한 기초로 사용될 겁니다.

좋아하면 그걸로
되는 거 아닌가요
첫사랑의 열병에 시달릴 때

첫사랑이자 짝사랑에 빠진 유라

깜찍한 외모의 초등학교 6학년 여학생 유라가 상담실을 찾았습니다. 6학년이라면 학교 친구나 용돈 같은 걸 고민할 나이일 것이라는 선입견이 있었지만, 유라는 이성 문제로 꽤 진지하게 고민하고 있었습니다.

"저 상사병인 것 같아요."

유라의 첫마디였습니다. 그것도 대학생 오빠라고 합니다. 유라는 도무지 갈피를 잡을 수 없다고 합니다. 그 오빠를 좋아하는 것은 분명한데, 그 오빠랑 사귀고 싶은 건지 친해지고 싶은 건지는 솔직히 모르겠다고 하면서요.

오빠를 안 게 지난 영어 캠프 때였으니, 벌써 두 달이 지난 일이라고 합니다. 하지만 아직도 그 오빠만 생각하면 가슴이 두근거리고 마음이 막 뜨거워진답니다. 오빠는 잘생기고, 키 크고, 노래 잘하고, 춤 잘 추고, 또 명문 대학에 다니고……. 우리 생각에도 모든 것이 완벽합니다.

유라는 캠프 내내 먼발치에서 그 오빠를 멍하니 쳐다보았답니다. 간식 시간에 오빠랑 딱 마주쳤다지요. 그런데 말이에요, 그 오빠가 "너 참 귀엽게 생겼구나. 이름이 뭐니?" 했답니다. 그렇지 않아도 마음이 두근거리던 유나는 냉큼 이름도 알려주고 전화번호도 적어 주었답니다. 오빠랑 카카오톡 친구가 되어 자주 메시지를 주고받았다고 하고요. 오빠가 "맛있는 거 사줄까? 영화 보여줄까?" 해서 몇 번 만나기도 했대요.

"오빠가 다니는 학교에 구경 간 적도 있는데, 멋지더라고요. 열심히 공부해서 저도 꼭 그 대학을 가고 싶어졌어요."

그런데 오빠는 만날 때마다 유라에게 귀엽다고만 합니다. 동생이 없던 터에 뒤늦게 막냇동생 얻은 기분이라고도 하고요. 자기가 초등학생이니까 당연히 그렇겠지 하면서도 은근히 속이 상합니다. 한편으로는 유라의 마음도 오락가락합니다. 오빠가 좋기는 하지만 나이 차가 너무 많이 나니까 진짜 사귄다고 해도 부담스러울 것 같은 거죠. 그래도 유라는 꽤 진지하게 말했습니다.

"전요, 지금까지 살면서 오빠만큼 좋아해 본 사람이 없어요. 앞으로도 이 마음은 변할 것 같지 않고요. 초등학생이라고 무시하지 마세요. 지금도 겨우 용기 내어 말하는 거니까. 그런데 말이에요, 이거 혹시 원조 교제 같은 건 아니겠죠? 너무 어린 사람이랑 사귀면 사람들이 그런 말 하면서 막 놀리는 거 봤거든요."

이 뜨거운 감정은 정말 사랑일까

  어떤 사람을 생각만 해도 가슴 두근거리고, 어떨 때에는 눈물까지 글썽일 정도로 그 사람이 그리운 마음은 경험하지 못한 사람은 절대로 이해하지 못할 특별한 느낌입니다. 누군가를 좋아하는 마음 자체는 비판하거나 비웃을 일이 결코 아니랍니다. 그래도 그 마음이 누구를 향한 것인지, 어떻게 표현되고 또 어떻게 절제되어야 하는지는 주목해야 합니다.

  십대에 생각하는 사랑은 열렬히 달아오르는 뜨거운 느낌, 순식간에 사로잡히는 대단한 매력, 한눈에 빠져드는 특별한 경험 등으로 묘사할 수 있겠죠. 그런데 이 말이 맞을까요? 틀린 건 아니지만, 이것은 마치 강렬한 순간의 감정만을 전부인 것처럼 표현하는 데에 불과합니다.

  세상에는 수많은 종류의 사랑이 존재해요. 이성간의 사랑에 한정지어도 느낌과 상황은 천차만별이지요. 사랑은 순간에 도취되어 아무렇게나 발산되는 폭발적인 감정만이 아니에요.

워낙 강렬하다 보니 이런 감정을 느껴야만 진실한 사랑인 것처럼 보이지요. 하지만 이 감정은 사랑의 지극히 작은 한 부분에 불과합니다.

심리학자인 에리히 프롬은 "사랑은 빠져드는 감정이 아니라 열심히 노력해서 배워야 할 기술의 일종이다."라고 말했습니다. 기술이라면 어떤 기술일까요? 한순간의 감정에 모든 것을 걸지 않는 절제, 상대방의 부족한 모습까지도 받아들일 수 있는 관용, 나와 그 사람의 형편과 처지를 고려하는 지혜 같은 걸 들 수 있을 거예요. 기술을 갖춘 사랑만이 진정으로 아름답고 행복할 수 있습니다. 바이올린을 들고 뜯는다고 멋진 소리가 나는 건 아니죠. 기본음부터 차근차근 연습해서 기술을 쌓아야 깊은 음색을 살릴 수 있는 것과 마찬가지입니다.

사랑을 하면 예뻐지고 멋있어진다고 하죠. 내 마음에 찾아온 이 사랑으로 나만의 향기가 더욱 짙어지고, 삶이 더욱 깊어지기를 진정으로 기대해 봅니다.

내게 사랑이 온다면 어떻게 할까요

'나는야 로맨티스트. 첫눈에 반하는 사랑을 꿈꾸고, 그 떨리는 순간을 기대하고 있어.'

이렇게 생각한다면 강렬한 사랑을 믿고 그렇게 사랑하려

는 타입이군요. 달콤한 상상에 빠져 있는 모습이 눈에 선하네요. 가슴은 두근두근 터질 것 같고, 눈은 하트 모양. 노을빛도 예전과는 달리 보이겠죠. 이런 느낌을 경험할 수 있다는 것도 일종의 능력입니다. 그래서 이런 사랑을 꿈꾸는 것을 무조건 나쁘다고 할 수는 없어요.

하지만 지금 느끼는 감정이 전부라고 믿은 채 섣부른 행동을 하는 건 삼가야 한답니다. 지금이야 사랑에 빠져 "이 느낌 영원히!"를 부르짖고 싶겠지만, 시간이 흐르면 사랑도 변하게 되죠.

동화 같은 해피엔딩으로 이어진다 하더라도 사랑은 매순간 달라진다는 것을 알아야 성숙한 사랑으로 이어질 수 있어요. 열다섯 살의 사랑이 30대나 60대에도 이어진다면 그게 좋은 걸까요? 그것이야말로 문제 있는 사랑이겠죠.

너무나 강렬한 감정은 사실상 서로를 소진시키기 때문에 오래 지속되기는 힘든 법이에요. 그런 시기가 지나도 여전히 이해하고 배려하며 서로를 행복하게 할 수 있는지를 생각해 보아야겠죠.

'나는야 모태 솔로. 첫눈에 반하지 않아도 좋으니 제발 연애 좀 해봤으면 좋겠어.'

대상 자체에는 환상이 그다지 없지만 사랑에는 기대가 크네요. 사랑을 갈구하는 타입이라고나 할까요. 남들도 하는 연애

나도 해보고, 내가 사랑하고 나를 사랑하는 사람을 만나 행복하게 지내보고 싶다고 생각 중인데요. 이런 사랑의 감정을 고대하는 것은 또래 친구들과 어울려 놀 때와는 다른, 전혀 새로운 세계로 들어가려는 것을 의미해요. 조금씩 성숙해져 간다는 의미로도 볼 수 있겠죠.

마음의 키가 자라나는 여러분에게 한마디 덧붙일게요. 사랑에는 달콤함만 있는 게 아니에요. 괴로움과 고통의 쓴 맛도 더불어 함께한다는 점, 기억해 두었으면 해요. 즐거움과 기쁨으로만 설명할 수 있는 것은 진짜 사랑이 아니지요. 상처를 주고받고, 그러면서 더 이해하고 용서하고, 실망하고 감사하고……. 이런 과정을 밟아야 진정한 사랑에 이를 수 있어요.

그렇기 때문에 사랑은 에너지를 상당히 소모하는 과정이기도 해요. 지금 내게 사랑 이외에 더 중요하거나 급한 일은 없는지 돌아보세요. 상처 입기를 원하지 않는다면, 혹은 그런 집중력을 사랑에 쏟기 어려운 여건이라면, 아직은 준비가 덜 되었다는 신호랍니다.

'누군가 좋아질 수는 있겠지. 하지만 두려워. 감정이 복잡해지면 힘들잖아. 공부도 해야 하는데…….'

사랑 앞에 움츠러드는데, 왜 그럴까요? 혹시 이성 교제는 아니더라도 예전에 사랑하다가 상처 받아 본 안타까운 경험이 있는 것은 아닐까 싶네요. 아니면 가까운 사람들이 서로 사랑하다가 돌이킬 수 없는 상처를 남기며 헤어지는 모습을 보았을지도 모르겠습니다. 어쩌면 이런저런 의무가 부과되는, 학생이라는 신분에 부담을 느낄지도 모르겠네요.

자신의 본분에 소홀할까 봐 주의하는 건 충분히 이해할 만하고, 어떤 면에서는 바람직하기도 해요. 하지만 이전의 상처 때문에 용기 내지 못한다면 그 부족함을 메울 수 있는 유일한 가치도 '사랑'이라는 점을 알 필요가 있어요.

사랑으로 입은 상처는 사랑으로 치유해야 한다고 하잖아요. 누군가의 크고 작은 사랑이 없었다면 나는 지금 여기에 존재할 수 없었을 거예요. 그러니 상처를 씻고 기운 내도록 격려하고 싶어요. 당장 연애를 시작하라는 것은 아니고요. 그런 감정이 느껴졌을 때 애써 외면하거나 무조건 부인하지는 말라는 뜻이에요.

'관심은 많아. 하지만 생각이 복잡해. 이것저것 따지다 보면 타이밍을 놓치고 말아.'

사랑을 탐색하는 중인가 봐요. 사랑에 관심은 있지만 교제는 차후의 문제라고 말하면서, '연애가 좋다고 누구나 연애를 하는 건 아니야.' 하지는 않나요?

어쩌면 이 길이 제일 안전한 길일지도 몰라요. 관심이 있다고 해서 내 현실을 다 던져 버리고 물불 안 가린 채 뛰어드는 무모함은 경계하는 편이 현명하죠. 좋아하는 마음이 있어도 주변 상황을 생각해 가면서 조심스럽게 조율하는 것 역시 지혜로워요.

다만 이런 생각들이 깊이 그리고 충분히 고심한 끝에 우러나온 것이었으면 해요. 혹시라도 이 결정이 주변의 말을 맹목적으로 따른 것이거나, 앞으로의 상황에 대한 막연한 불안과 두려움 때문이라면 후회할지도 모르거든요.

주변에도 힘이 되고 내게도 도움되는, 그야말로 멋진 삶을 살면서 아름다운 사랑도 할 수 있기를 기대합니다.

'학생이 웬 연애? 그런 거 관심 없어. 요즘은 결혼 안 하는 사람도 많은데 갑자기 연애 타령이라니?'

사랑에 무관심한 모양이에요. "나는 사랑을 아직 몰라~ 공부만 하기도 바쁘지." 하면서요.

분명히 공부가 우선이고 더 중요할 수 있어요. 이런 모습이 일반적으로 어른들이 여러분에게 바라는 모습이기도 하고요. 나이가 들면 어차피 하게 되는 연애, 어린 시절부터 서두르다가 괜히 혼란스러워질 수도 있고 중요한 걸 놓치는 수도 있거든요.

충분히 현실적인 판단을 한 것으로 보이지만 주의할 점도 있어요. 대학생이 되고 성인이 되어도 사랑보다 더 중요하다고 느껴지는 일들은 항상 존재한답니다. 그때마다 이런 감정을 무시하지는 말아야겠지요. 연애 감정에 대해 아무런 대비

없이 살다 보면 어느 순간 대책 없이 빠져들지도 몰라요. 그러다가 중요한 결정을 대충 성급하게 해 버릴 우려도 있고요.

지금 당장 사랑이라는 감정에 몰두하지는 않더라도, 내 안에 있는 이성에 대한 그리움을 송두리째 무시하지는 말았으면 해요. 그런 감정에 적당히 마음을 열고 있어야 상대방을 이해할 수 있고, 평생의 반려자도 지혜롭게 선택할 수 있거든요.

사랑 따위는 내게 중요하지 않다고 우기다가 속수무책인 상태에서 큰 실수를 하지 않도록 주의하기 바랍니다.

'오빠'의 스킨십이 부담스러워요

스킨십의 수위가 고민될 때

진희가 상담실을 찾은 이유

"좋아하는 오빠가 있는데, 스킨십은 어디까지 괜찮은 걸까요?"

중학교 3학년 학생인 진희의 첫마디였습니다.

"구체적으로 말하려니 쑥스러운데……. 오빠랑 만나면 가벼운 터치든, 꽤 진한 스킨십이든 신체적인 접촉이 항상 있거든요. 그 당시에는 뭣 모르고 지나가기도 하고 어떨 때는 저도 좋아서 가만히 있기도 하는데, 집에 돌아와 곰곰이 생각해 보면 이건 아니다 싶을 때가 있어요. 좋아하니까 스킨십도 괜찮다 생각하려 해도 뭔가 불편해요."

말을 잇는 진희는 어두운 표정이었습니다.

"오빠는 제 손도 잡고, 어깨에 팔을 두르기도 해요. 저는 거기까지가 딱 좋아요. 다른 사람 눈이 의식되긴 하지만요. 하지만 오빠 팔이 제 어깨에서 허리로 오거나 손이 제 가슴이나 엉덩이에 닿으면 솔직히 많이 부담스러워요."

"안 된다고 말하기가 어려웠나 봐요."

"오빠를 만나러 나갈 때면 이번엔 꼭 손만 잡자고 해야지 하죠. 그런데 막상 만나면 입이 열리지 않아요. 오빠가 실망하거나 서운해 할까 봐 넘어가게 돼요. 그러다 보니 점점 더 심해지는 것 같아요. 오빠는 저만큼 고민하지 않는 모양이에요. 제가 눈치를 살피면서 '오빠는 나랑 이렇게 있는 게 좋아?'라고 물으면 '응, 네가 너무 좋아서 그래.'라고 대답해요. 저도 한편으로는 좋아요. 그래도 여전히 부담스러운 건 사실이에요. 어떻게 하는 게 좋을까요? 정색하고 스킨십이 부담된다고 오빠한테 말해야 하나요?"

내면의 소리에 귀를 기울여야

이 문제는 혼자 고민하고 끙끙거려 해결될 일이 절대 아니에요. 이성 교제는 혼자 하는 것이 아니라 둘이 하는 것이고, 상대도 이 부분에서 중요하게 맡은 역할이 있기 때문이죠. 상대에게 고민을 솔직히 말하는 편이 좋습니다. 그 오빠도 진희를 좋아하잖아요. 그러니 진희의 고민을 완전히 무시하지는 않을 거예요.

오빠가 진희의 고민을 듣고 어떻게 반응하는지를 살펴보면 오빠가 진희를 어떻게 생각하는지를 알 수 있답니다. 스킨십을 바라보는 시각은 얼마든지 서로 다를 수 있어요. 나이 차이도 있고, 성별 차이도 있기 때문에 생각이 똑같을 수는 없지요. 그렇지만 진희가 어렵게 꺼내는 고민을 대수롭지 않게 여기고 마는지, 해결책을 찾으려고 함께 고민하는지 지켜보면 그 오빠에게 진희가 어떤 존재인가를 짐작할 수 있어요.

스킨십, 사람마다 의견이 분분하기 때문에 어떻게 해야 하나 어리둥절하면서 답답하기 쉬울 거예요. 누군가가 이럴 때는 이렇게, 저럴 때는 저렇게 명확한 기준을 제시하면 좋겠다고요? 글쎄요. 그런 기준이 실제로 있다면 모두가 그걸 지킬 수 있을까요? 법은 모두에게 지키라고 있지만 법을 어기는 사람들도 눈에 띄는 현실이잖아요. 그러면 어떻게 해야 할까요?

애매할 때일수록 자신의 내면에서 들려오는 소리에 귀를 기울여 보아야 합니다. 물론 어떤 사람은 이 소리가 사소한 상황에서도 잘 들리고, 어떤 사람은 이 소리가 심각한 상황에서도 잘 들리지 않아요. 그러나 아주 특별한 경우가 아니라면 대부분은 자기 내면에서 들려오는 목소리로부터 일깨움을 받는답니다.

'어쩐지 이런 행동은 안 될 것 같아. 남들의 시선도 그렇고, 엄마 생각도 나고. 뭔가 잘못하고 있는 것 같지 않아?'

진희 마음속에서 울려 퍼지는 이런 소리가 여기에 해당하겠지요.

그리고 정자가 난자를 만난다느니, 생리 주기는 어쩌고저쩌고 하면서 따분하게만 들릴지 모를 성교육도 무시만 할 수는 없습니다. 안다는 것은 정말 큰 힘이거든요. 야동으로 배우는 것이 아니라 건강한 성 지식을 가져야 자칫 잘못해서 내 몸이 성적인 연쇄 폭발을 일으키는 것을 막을 수 있지요.

혹시 어느 정도까지 자극을 주면 터지는지 시험해 보고 싶다고요? 저런. 폭발은 대개 예상하지 못한 상태에서 일어나고, 한순간의 호기심으로 인한 후유증 때문에 평생을 후회할 수도 있습니다. 그러니 조금 더 자제하고 내 마음의 소리에 귀를 기울이면 어떨까요?

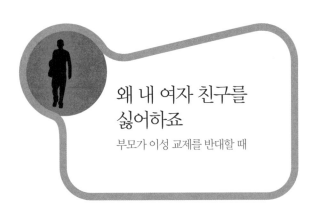

왜 내 여자 친구를 싫어하죠

부모가 이성 교제를 반대할 때

'왜 내 여자 친구를 싫어하실까?'

고2 종규의 말입니다.

"제 여자 친구는 중학교 3학년 때 저랑 같은 반이었어요. 지금은 학교도 다르지만 중3 때부터 쭉 제 여자 친구였어요. 저희 부모님도 몇 번 본 적이 있는데, 처음에는 그저 그러더니 오래갈수록 점점 더 안 좋아하시더라고요. 제 여자 친구는 정말 좋은 아이인데 말이죠. 제가 의지할 수 있는 건 그 애뿐이에요."

부모님은 특별한 이유를 대지 않고 교제를 반대했답니다.

"고등학교 2학년이니 이제 공부에 집중하라고 하는데, 전여자 친구 생기고 난 다음부터 공부를 더 열심히 했거든요.

성적도 올랐고요. 당연히 엄마도 아세요. 그런데도 엄마는 무조건, 저랑 여자 친구가 맞지 않는다고만 하세요. 아빠도 엄마랑 비슷하고요."

얼마 전에는 아빠가 핸드폰을 보자고 했답니다.

"저도 사생활이 있는데 너무한 거 아닌가요? 보여 드리지는 않았어요. 아예 전화에 비밀번호를 걸어 두었죠. 그런데 저 없을 때 보셨나 봐요. 절 불러서 왜 잠금 장치를 했냐고 뭐라 그러시더라고요."

엄마도 아빠 편이랍니다.

"엄마는 한 술 더 떠요. 앞으로는 제가 무슨 말을 해도 믿지 않을 거래요. 제가 뭘 잘못했는지 모르겠어요."

그 후로는 종규가 아무리 노력해도 부모님이 외면한다고 합니다. 설거지를 해도 방 청소를 해도 칭찬은커녕 가식적이라며 혀를 찬다고 해요. 말도 섞지 않으려 한다니 몹시 힘들겠죠.

"그래도 여자 친구랑은 헤어지지 못하겠어요. 전보다 덜 만나기는 하죠. 감시가 심해져서 말이에요."

종규는 독서실에 가야 공부가 되는 스타일이랍니다. 그런데 부모님이 종규가 나가는 걸 너무 싫어해서 독서실도 가지 못한다는군요.

"몰래 여자 친구 만날까 봐 그러나 봐요. 이제는 학원에도 항상 데리러 오세요. 못 만나도록 선수 치는 거죠."

종규는 정말 답답한 표정입니다.

"엄마 아빠가 제 여자 친구 욕하면 화가 머리끝까지 치밀어요. 여자 친구한테 미안하기도 하고요. 그리고요, 저를 낳은 부모님이신데 저를 이렇게까지 믿지 못하다니, 정말 너무하다는 생각이 들어요."

종규는 한숨을 팍팍 쉽니다.

"이런 엄마 아빠랑 앞으로 긴 세월 어떻게 살아야 할지 답답해요. 제 친구 부모님들 중에는 여자 친구한테 맛있는 것도 사주고 옷도 사주는 분이 계세요. 그런데 우리 엄마 아빠는 반대에다 감시예요. 이러니 집이 싫어져요."

"이제 저도 다 컸단 말이에요!"

종규는 여자 친구 칭찬을 늘어놓을 때면 말이 빨라지고 많아졌습니다. 여자 친구가 얼마나 착하고 예쁜지, 자기를 얼마나 행복하게 해주는지 자랑이 끝이 없었지요. 하지만 부모님 이야기가 나오면 금방 시무룩해지고 말이 없어집니다. 그런데 말이죠, 종규의 엄마 아빠는 종규와 여자 친구를 왜 떼어놓으려 하는 걸까요? 그건 종규의 말만 들어서는 알 수가 없어요. 그러면 이번에는 종규의 마음을 헤아려 보죠. 종규는 왜 이렇게까지 흥분하면서 부모님을 비난하는 걸까요?

부모님으로부터의 심리적 해방과 독립 추구는 청소년 시기의 대표적인 특징 가운데 하나입니다. 거창하게 독립 선언까지는 아니어도, "이제 어린애가 아니니까 엄마 아빠 마음대로 저를 다루려고 하지는 말아 주세요."라고 말하고 싶은 적 있었죠? 만일 이런 생각을 단 한 번도 해본 적이 없다면 그게 더 이상하겠네요.

　독립 추구는 심한 반항부터 적당한 타협까지 다양한 모습으로 나타납니다. 공통점이 있다면 자기를 어른처럼 대우해 주고 더 많은 자유와 권리를 달라는 것이지요. 그러나 실제 독립하는 그 순간은 청소년 자신에게도 마냥 좋은 것만이 아닙니다. 실은 상당히 불안하고 부담스러워요.

　그래서 부담스러운 마음을 기댈 든든한 받침대를 찾고자 애쓰죠. 받침대는 무엇일까요? 누군가에게는 온 마음을 다해 사랑하는 연예인이, 누군가에게는 흠뻑 빠져드는 취미 생활이, 누군가에게는 열정 다해 하는 운동이 받침대가 됩니다. 종규에게는 여자 친구가 이런 받침대 역할을 한 것 같습니다. 그래서 단순히 부모님께서 여자 친구를 인정해 주지 않는다는, 겉으로 드러나는 모습만이 종규의 문제가 아니랍니다.

　부모님이 마음을 바꿔 여자 친구를 인정해 주신다면 모든 문제가 해결될까요? 그게 아니거든요. 다른 곳에서 또 다른 문제들이 나타날 수 있어요. 이 모든 과정의 궁극적인 목표는 종규가 하나의 독립된 존재로 서는 것입니다. 의존과 독립 사이에 균형 잡기란 어려운 일이지만, 건강한 어른이 되려면 이 과정을 거쳐야 하지요. 그러니 혼란스럽거나 방해가 된다고 도망치지 말아야겠죠. 부모님과 타협하면서 의존과 독립의 균형점을 찾으려는 노력이 필요한 시점이에요.

내가 이성 교제를 하게 된다면

"이루어질 수 없는 사랑은 없어요. 반드시 부모님을 설득하고 말 거예요."

나와 여자 친구의 관계를 로미오와 줄리엣의 이야기처럼 생각하고 있나 봐요. 청춘의 정열을 불태우는 이성 친구가 생기면 한순간에 세상이 완전히 달라지는 것 같은 느낌이겠죠. 그건 다 좋아요. 그러나 이 사랑이 도저히 포기할 수 없을 만큼 아름답고 소중할지라도 나의 다른 삶까지 사랑의 불길에 타들어 가지는 않았으면 좋겠어요.

사람 마음은 청개구리 같아요. 하지 못하게 하면 더 열을 올리는 경향이 있죠. 내 연애 감정만 그럴까요? 아니죠. 부모님의 반대도 마찬가지랍니다. 내가 여자 친구에게 열을 올리면 올릴수록 부모님의 반대도 심해지죠.

잠시 여유를 갖고 한 걸음 물러서 보세요. 부모님이든 여자 친구든, 어느 한쪽을 포기하지 않으면서도 상처 주지 않기 위해 건강한 대화를 시도해 볼 생각은 없나요? 다른 관계를 망가뜨리면서 지속되는 연애치고 끝이 좋은 경우는 적답니다. 조화로운 관계에서 형성되는 교제가 훨씬 더 오래가고 아름다운 법이지요.

"철이 없어서 떼쓴다고요? 아니에요, 나이가 어리다고 마음까지 어린 줄 아세요?"

둘은 서로 정말 좋은데 부모님은 너희 참 철이 없다 하실 수 있어요. 부모님이 보기에는 두 사람의 교제가 나이와 상황에 맞지 않는 걸로 느껴지는 거죠. 사실 자식이 스무 살, 서른 살, 심지어는 50대가 되어도 부모의 눈에는 계속 철부지로 보인다고 합니다. 만일 내가 이런 상황이라면 부모님의 반대에 힘겨워 하면서 몸과 마음을 소진하기보다 그분들이 정말 하고 싶은 말씀이 무엇이고 바라는 게 무엇인지 생각해 보세요.

부모님이 정말 원하는 것은 내가 실연의 고통을 당하는 게 아니거든요. 그분들은 내가 부모님의 인생 경험으로부터 배워서 행복한 인생을 살기를 바랄 겁니다. 부모님의 속생각을 살피면서 현재 내게 주어진 삶을 지혜롭게 꾸려 나간다면 부모님도 차차 나를 존중하고 인정할 마음의 여유를 가질 것입니다.

"엄마 아빠는 제가 뭘 해도 다 싫어해요. 공부하기 싫어서 연

애질한다고 야단이죠."

　이런 상황에서는 상처 받지 않도록 내 마음을 지키는 것이 급선무일지 모르겠어요. 부모님은 내 마음을 꺾으려고 온갖 수단을 동원할 준비가 되어 있을 테니까요.

　한편으로는 왜 부모님이 이렇게까지 못마땅해 하실까, 내가 거기에 기여한 바는 없을까 하는 질문도 한 번 던져 보면 좋겠습니다. 만일 솔직한 대답이 떠오른다면 하나씩 고치고 다듬기를 바랍니다. 사랑 때문에 내가 더 나은 사람이 된다면 부모님도 그 사랑을 이해하고 소중히 가꾸도록 도움을 주실 가능성이 크거든요.

"우리 부모님은 아직도 절 어린애 취급해요. 이성 교제란 말만 들어도 기겁하실 거예요."

　부모님이 과잉보호하는 경우라면 이성 교제 문제가 대두될 때 경계부터 하실 게 뻔합니다.

　간섭은 거부를 낳고, 거부는 더 심한 간섭으로 이어진다는 사실을 알고 있나요? 만일 부모님의 간섭이 쉽게 누그러들 것 같지 않다면 내가 먼저 나서 보기를 권하고 싶어요. 예를 들면 내가 먼저 속마음과 일상생활을 모두 드러내 보여주는 거죠.

　"친구 만나러 가는데요, 여자예요. 만나서 밥 먹고 놀다가 8시쯤 들어올 거예요. 지금까지 공부했고 문제지도 다 풀어 놨어요. 갔다 와서는 공부 더 열심히 할 테니 걱정 마세요."

이런 식으로 말이죠. 이렇게 솔직하고 자세하게 말씀드리면 대부분의 부모님은 한 발 물러서게 된답니다. 번거롭지만 부지런하고 정직하기만 하다면 정말 효과적인 방법이죠.

"부모님은 저를 믿어 주는 편이에요. 집에도 데려와 보라고 하시고 이래저래 조언도 해주신답니다."

이런 엄마 아빠가 있으면 얼마나 좋겠어요. 상담하는 입장에서 부모님들께 제일 많이 권해 드리는 것도 바로 이런 모습입니다. 신뢰받는다는 것을 알 때 자녀 쪽에서도 마음을 열기가 쉽기 때문이지요. 부모님이 무조건 억누르거나 반대하기보다는 자유를 주고 존중하며 적절히 개입해야 건전한 이성교제가 가능하답니다.

이런 부모님이 있음에 감사하고, 그분들의 마음을 아프게 하거나 실망시키는 행동을 하지 않도록 늘 노력하세요. 지금의 사귐이 성공적인 인생, 아름다운 삶의 토대가 되기를 바랍니다.

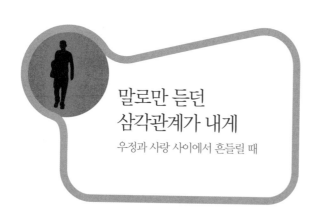

말로만 듣던
삼각관계가 내게

우정과 사랑 사이에서 흔들릴 때

친구의 여자 친구를 좋아하는 진규

흔히 '우정이냐 사랑이냐'라는 말을 들으면 항상 '우정이지. 사랑은 무슨?' 하고 생각했다. 사랑은 우정보다 쉽게 변한다고 여겼으니. 그런데 막상 내가 그런 상황에 처하고 보니 생각처럼 쉬운 문제가 아니었다.

성호는 초등학교 동창이자 고1이 된 지금도 아주 친한 친구다. 그런데 반 년 전에 성호한테 여자 친구가 생겼다. 성호는 늘 여자 친구 자랑을 했다. 예쁘다, 착하다, 공부도 잘한다 등등. 여자 친구가 생긴 걸 기뻐하고 축하해 주고 싶었지만 사실은 섭섭했다. 샘도 났다. 어느 날 성호가 내게 여자 친구를 소개해 주었다. 직접 보니까 진짜 환상적이었다. 나도 완전

반해 버렸다.

그런데 그 여자애가 어떻게 내 번호를 알아냈는지 내게 전화를 걸어 왔다. 잠깐 보자고 해서 얼른 나갔다. 무슨 일인지 궁금하고 약간은 기대도 되었지만, 실제로 고백을 들었을 때에는 정말 심장이 터질 것 같았다. 그 애가 나를 좋아한다니, 이럴 수가! 이제는 우정이 문제가 아니었다.

친구가 마음에 걸리는 것도 사실이다. 성호가 알면 얼마나 실망할까? 우정이 깨지는 건 당연하고 아마 나를 죽이려고 들지도 모른다. 두렵다. 하지만 그 애를 절대로 놓치고 싶지는 않다. 어떻게 하면 좋을까?

우정과 사랑 사이에서 흔들리고 있나요

'친구의 친구를 사랑했네~'라는 노래 가사를 들어 본 적 있나요? 노래까지 나올 정도면 이런 고민이 드물지만은 않은가 봅니다. 진규는 몹시 혼란스러워 하며 자신의 속마음을 있는 그대로 털어놓았습니다. 그야말로 우정과 사랑 사이에서 힘겹게 고민하고 있었지요.

나와는 겉모습도 생각도 생판 다른 이성 친구를 만나 좋아하게 되고, 사람이란 이렇듯 놀라운 존재라는 사실을 알아 가면서 우리는 한층 성숙해집니다.

오랜 친구도, 한눈에 반한 이성 친구도 똑같이 소중하죠. 이 두 사람이 내 양 옆에서 손수레의 두 바퀴처럼 사이좋게 굴러 간다면 걱정할 일이 없을 겁니다. 그런데요, 만약에 말입니다. 이 둘 가운데 어쩔 수 없이 한 명을 선택해야만 하는 순간이 찾아온다면? 친구가 나에게 중요했던 만큼, 그리고 내게 찾아온 첫사랑이 의미가 컸던 만큼, 이 순간의 고통은 엄청나게 불어날 겁니다.

진규는 지금 갈림길에 섰습니다. 어느 길로 가느냐는 성호의 여자 친구가 한 고백을 받아들이느냐 거절하느냐에 따라 달라지겠죠. 그리고 그에 따라 해결 방법도 달라질 것입니다.

만약 그녀의 고백을 받아들인다면

며칠간 고민했다. 사랑이냐 우정이냐 하고. 그런데 곰곰이 생각해 보니 우정도 사랑만큼 쉽게 변하는 것 같았다. 성호만 해도 그랬다. 그렇게 가깝게 지냈던 사이였는데, 여자 친구가 생기니 내게는 신경도 쓰지 않고, 나를 만나도 온통 그 여자애 얘기뿐이었다. 어차피 우정도 사랑도 모두 변하기 쉬운 것이라면, 차라리 내 마음이 가는 대로 행동하는 게 좋지 않을까? 그 여자애가 좋아하는 사람이 나라면 망설일 이유가 없을 것 같았다.

성호에게는 미안한 일이지만, 그렇다고 내가 먼저 나서서 여자 친구를 빼앗은 것도 아니니 죄책감을 가질 일은 아닌 것 같았다. 또 내가 거절한다고 해서 그 여자애랑 성호가 계속 이어질 것도 아니니 말이다. 어쨌든 둘 사이가 깨지는 건 시간문제일 텐데, 괜히 주저하다가 그 애를 놓쳐서는 안 될 일이다. 그래서 나도 그 애에게 전화를 했다. 얘기도 오래 했고, 만나서 밥도 먹었다. 다시 만났을 때는 영화를 봤고, 그 다음에는 놀이 공원에도 갔다.

그러다가 결국 성호에게 들켰다. 성호가 나를 찾아와 울었다. 자기가 얼마나 좋아하는지 알면서 어떻게 그럴 수 있냐며 펑펑 울었다. 미안했다. 정말로. 하지만 어쩔 수가 없었다. 내 마음을 나도 모르겠다. 앞으로 어떻게 해야 할지도 모르겠다.

당황스럽고 미안해 어쩔 줄 몰라 하는 진규의 모습이 눈에 선하네요. 우정과 사랑을 놓고 고민할 때 이런 상황을 예상하기는 했겠지만, 실제로 닥치면 훨씬 더 당황스러운 법이죠. 물론 진규는 성호를 걱정했을 거예요. 그렇지만 여자 친구에게 강하게 끌리는 바람에 친구와의 우정을 진지하게 고려하지는 못했던 것 같아요. 하나를 택한다면 여자 친구를 택하는 마음도 있었던 것 같고요.

한눈에 반할 정도로 근사한 여자애가 나를 좋아한다고 고백해 왔을 때 가슴이 뛰고 세상이 달라져 보이는 것은 십분 이해가 가요. 알아요, 의도적으로 그렇게 한 것은 아니라는 사실을. 하지만 지금 성호의 이야기를 가만히 들어 보세요. 성호는 자신을 버린 여자 친구보다는 자기 마음을 알면서 상황을 이렇게 만든 진규를 원망하고 있잖아요.

지금이라도 생각을 정리해 보세요. '우정을 택하느냐 사랑을 택하느냐, 그것이 문제로다' 하며 추상적인 개념에 매달리지 마세요. 그보다는 바로 옆에 있는 친구, 성호에게 시선을 좁혀 보세요. '지금 여기에서'를 생각하는 거죠. 우정과 사랑이 어쩌고 하면서 이론에만 치우치다가는 본질을 놓치기가 쉽거든요.

어떻게 해야 성호와의 관계를 회복할 수 있을까? 내가 상처 주고, 배신하고, 실망시킨 것을 무슨 말로 사과해야 하나? 앞으로 난 어떻게 처신해야 하지? 정말로 그녀를 놓칠 수 없다면 나는 이 상황을 어떻게 성호에게 이해시키고 설득시킬 수 있을까? 이런 생각을 진지하게 해보세요.

그리고 또 하나. 아주 간단한 것이지만, '내가 성호 입장이라면?' 하는 가정도 잊지 말아야겠죠. 지금이야말로 감정에만 따라가기보다는 생각을 정리하는 것이 중요한 시점이라고 봅니다.

만약 그녀의 고백을 거절한다면

성호 여자 친구의 고백을 들은 뒤 한동안 마음이 너무나 복잡했다. 그래서 곰곰이 생각해 보았다. 그 여자애가 내게 그런 전화를 한 것이 내 잘못 때문은 아닌가? 그러나 아무리 생각해도 특별히 오해를 살 행동을 했다는 생각은 들지 않았다. 호감은 있었지만 대놓고 내색한 것도 아니었다. 그러다 든 생각, '이 여자애, 바람둥이가 아닌가?' 친구의 친구인 내게 고백할 정도면 정도가 심각할 수도 있겠다 싶었다. 만일 이 여자애랑 사귀었다가는 나 역시 이런 일을 당하지 말라는 법도 없다.

그래서 성호에게 전화를 걸어, 그 여자애가 내게 한 고백을 전했다. 그랬더니 성호는 그럴 리 없다면서 거짓말하지 말라고 펄펄 뛰며 화를 냈다. 친구는 나보다 그 여자애를 더 믿고 있는 듯했다.

이제는 어떻게 될까? 여자애는 당연히 나를 떠나갈 것이다. 자기의 고백을 거절하고 그 얘기를 성호에게 전했으니까. 그 애가 성호랑 계속 이어질지는 모르겠다. 성호는? 당연히 나를 멀리하겠지. 우정도 사랑도 모두 잃게 되었다. 사랑을 택했어야 하는 건가? 너무나 아쉽고 억울하다. 사실 나는 양심껏 행동했을 뿐인데.

이 경우 진규는 나름대로 고민한 뒤 우정을 회복하려고 시도했지만 오히려 일이 다 망가졌어요. 진규의 행동이나 생각이 다 틀렸다고 말하기도 어려운데 말이죠. 그러나 옳은 생각이라고 하더라도 남에게 상처를 줄 수 있을 때에는 좀더 조심스럽게 접근해야만 합니다.

정직이 최선의 방책인 건 맞아요. 그런데 만일 엄마가 나한테 "요새 엄마가 뚱뚱해져서 나이 들어 보이지?" 하고 묻는다면 나는 뭐라고 대답하는 게 좋을까요? "맞아. 엄마, 자기 관리 좀 해요. 퉁퉁하니 그게 뭐예요. 정말 창피하게." 이렇게 말하는 것과, "엄마, 어쨌든 난 엄마가 우리 엄마라서 좋아요. 하지만 건강 생각해서 운동을 하면 좋겠어요."라고 말하는 것 사이에는 분명한 차이가 있죠.

자신의 속마음을 가만히 들여다보세요. 친구를 아프게 해도 좋으니 그녀가 나를 좋아한다고 말하고 싶지는 않았나요? 나중에는 일이 복잡해지는 것 같으니 여자애를 탓하며 상황을 벗어나려고 한 건 아닐까요?

이미 폭풍은 지나갔습니다. 돌아보면 후회되고 속상한 게 많겠지요. 그렇다고 너무 실망하지는 마세요. 살다 보면 이런 감정의 소용돌이에 한 번쯤 휘말릴 수 있거든요. 미리 예방주사를 맞은 걸로 생각할 수도 있을 거예요.

중요한 것은, 이런 일이 있었다고 해서 진규나 그 여자애가 그렇게 나쁜 사람이 된 것도 아니고, 성호가 평생 둘을 용서하지 못할 것도 아니라는 사실이에요. 일단 모두가 시간을 갖고 먼저 자기 생활을 알차게 하려고 노력하는 게 좋을 것 같아요. 헝클어진 관계를 정리하는 데에 시간보다 더 좋은 건 없거든요.

　꼭 부탁하고 싶은 것은, 이런 일을 겪었다고 해서 진규가 우정이나 사랑을 믿지 않는 사람은 되지 말았으면 하는 거예요. 서툴고 열정적인 탓에 성급한 시간들도 있었지만, 그 역시 더 성숙하고 아름다운 만남을 만드는 배움의 과정이기도 하니까요. 실수를 통해 배운 만큼 진규는 더 깊은 사랑과 더 단단한 우정을 만나게 될 겁니다.

임신했어요,
어쩌면 좋죠

뜻하지 않은 임신으로 고민한다면

이름을 밝히지 못하는 이유

제 이름은 비밀로 할게요. 제가 이런 일로 상담할 줄은 꿈에도 몰랐어요. 그런데 제 일이 되고 보니 남의 말 함부로 했던 게 후회스러워요.

임신 사실을 안 게 이제 한 달이 넘었어요. 아기 아빠는 제 남자 친구예요. 제가 임신했다는 걸 알고 잠적했어요. 전화번호도 바꿨더라고요. 부모님께는 차마 말씀드리지 못했어요. 아빠가 저를 죽이려고 할 거예요. 엄마도 울고불고 난리칠 거고요. 어떻게 해야 할지 모르겠어요.

입덧 때문에 자꾸 토하니까 집에 있으면 들킬 것 같아 사흘 전에 몰래 집을 나왔죠. 친구 중에 시골 출신으로 혼자 자취하는 애가 있는데, 제 사정을 알고는 자기 집에 와서 지내도 된다고 했거든요.

얼마 되지도 않았는데 벌써부터 친구가 귀찮아 하는 눈치예요. 임신 주수가 늘어나니까 몸이 붓는 것 같아 괴롭고요. 휴대폰은 갖고 나오긴 했지만 계속 꺼 놓고 있는 상태예요. 엄마 아빠는 지금 어떻게 지내고 계실까, 내가 집 나온 이유를 뭐라고 생각하실까 걱정도 돼요.

유산하려고 인터넷을 찾아보니 수술도 쉽지 않더라고요. 그렇다고 아기 낳을 자신은 전혀 없어요.

이제 제 인생은 어떻게 될까요? 다 끝나 버린 것 같아요. 다시 옛날로 돌아갈 수만 있다면, 정말 남자는 쳐다보지도 않고 공부만 할 텐데……. 이제는 후회해도 아무 소용없겠죠?

임신으로 고민하는 십대들에게

남의 이야기를 쉽게 함부로 했던 것이 후회된다고 했지요. 그 마음이 충분히 이해가 갑니다. 흔히들 이런 일은 아주 특별한 사람, 이를테면 성적으로 문란한 이들이나 학교를 팽개친 문제아에게만 생긴다고 여기니까요.

하지만 현실은 다릅니다. 원하지 않는 임신을 경험하는 사람들 중에는 일반적인 선입견처럼, 깨어진 가정에서 방치

된 채 힘들게 자란 이들이 있긴 해요. 그렇지만 우울증이나 조울증 같은 병을 앓는 바람에 이렇게 되기도 하고요. 너무나 외롭고 힘들어 어딘가에 기대고 싶었을 뿐인데 이렇게 되는 사람도 있어요. 성에 너무 무지해 어떻게 하면 임신이 되는지 '정말' 몰라 이런 결과에 도달하는 사람도 있답니다.

이제 곧 미혼모가 될 운명을 앞두고 있는 여학생을 보면서 마음이 말할 수 없이 복잡했습니다. 이제 겨우 십대일 뿐인데 이 고민은 너무 무거운 거 아닌가 하고요. 여학생만 나무랄 수도 없어요. 잠적한 남자 친구도, 도와 달라고 말할 수조차 없는 부모님도 모두 안타까운걸요.

문제에 부딪히면 "대체 누가 잘못한 거야?" 따지는 경우가 많습니다. 그렇지만 이 상황에서 이게 과연 의미가 있는 질문일까요? 전혀 아닙니다. 누구 잘못인지 밝힌다고 해서 모든 상황이 임신 전으로 돌아가지는 않거든요. 아무리 후회해도 시간을 거꾸로 돌릴 수 없는 게 현실입니다. 지금 이 시점에서 필요한 것은 그러면 어떻게 해야 하는가입니다.

규칙적으로 생리를 하는 일반적인 성인 여성이라면 임신 여부를 조금이라도 빨리 알 수 있습니다. 그러나 대부분의 십대 소녀들은 생리 주기가 불규칙하거든요. 그렇다 보니 임신 사실을 알지 못한 채 시간을 흘려보내는 수가 허다합니다.

인터넷에서 찾아본 것처럼 낙태의 범위는 엄격하게 제한되어 있지요. 생명을 보호하려는 뜻입니다. 일정 시기를 넘긴 뒤 하는 인공 유산 수술은 여성의 생명도 위협할 수 있습니다. 설령 별 문제 없이 수술을 마쳤다 하더라도 아기가 자라나야 할 공간인 자궁이 망가지는 바람에 더 이상 임신이 불가능해지는 수도 있습니다.

그러면 어떻게 해야 할까요? 임신으로 내 인생이 엉망으로 꼬여 버렸다, 얼마든지 이렇게 생각할 수 있습니다. 그러나 이것이 실제로 현실을 정확하게 파악해 내린 결론인가요? 냉정하게 생각한다면 이것도 정답은 아닙니다. 내 인생이 엉망인지 꼬인 건지는 지금 알 수 없습니다. 적어도 수십 년은 지나야 알 수 있어요. 아마도 이 생각은 불안에 사로잡혀 자기도 모르게 내린 최악의 결론일 가능성이 높습니다.

꼭 짚고 넘어가야 할 중요한 사실이 있습니다. 바로 생명이지요. 언제부터가 생명인지는 아직까지 논란이 많습니다. 수정란이 형성되는 순간부터 생명이라는 사람, 착상했을 때부터 생명이라는 사람, 수정란이 특정 변화를 보이기 시작했을 때부터 생명이라는 사람, 세상에 태어나야 생명이라는 사람 등등, 저마다 다양하게 목소리를 높입니다. 그런데 정작 주인공인 수정란과 태아는 목소리를 낼 수 없는 존재라는 게 슬픈 현실이죠. 그렇다 보니 그들은 고려 대상에서 뒤로 한참 밀려납니다.

임신이라는 사실을 안 뒤 힘겨울 앞날을 걱정하는 것은 당연합니다. 그러나 생명의 소중함도 생각해야 합니다. 아기의 생명 이전에 내 생명을 생각해서라도 더 이상 숨어 다니며 몸과 마음을 축내지 마세요. 부모님께는 꼭 말씀드려야 합니다. 도저히 어렵다면 미혼모에게 도움을 줄 수 있는 기관을 찾는 방법도 있어요. 그래서 앞으로의 일에 구체적인 계획을 세우고, 후회 없는 삶을 다시 시작할 수 있기를 바랍니다.

아기도, 나도 다 소중한 생명입니다. 사랑받고 보호받아야 하지요. 그 어떤 일이 있어도 극단적인 선택, 두고두고 가슴 아플 선택은 하지 않았으면 좋겠다고 꼭 말해 주고 싶어요.

6

내가 쉴 집은 어디에 있을까요

그 어느 곳보다 포근하고 행복해야 할 집
그러나 그 어디보다 나를 힘들게 하는 곳

제가 이런 생각 하는 거, 두 분은 모를 거예요. 그렇게
말려도 헤어진 분들이고, 내게는 관심조차 없는데…….
왜 내가 선택한 것도 아닌 일 때문에 힘들어야 하는지
모르겠어요.

아빠의 폭력이
두렵고 화가 나요

가정 폭력에 시달릴 때

아빠의 손찌검을 참기 힘든 중3 미희

아빠의 폭력 때문에 찾아왔어요.

제가 정말 심하게 맞은 건 대여섯 번 정도지만요, 동생들이나 엄마가 맞는 것까지 하면 두세 달에 한 번은 일이 크게 터지는 것 같아요. 소리 지르고 한두 대씩 맞는 건 더 자주 있고요. 아빠는 회사원인데, 회사에서는 인기가 많다고 해요. 하지만 집에서는 전혀 딴판이에요.

"짜증나 죽겠어!"

얼마 전, 제가 가족들이랑 이야기하다가 이렇게 말하고 방에 들어갔어요. 그날따라 피곤하고 답답해서 그랬죠. 그러자 아빠가 제 방에 들이닥쳤어요. 막 패더라고요. 어깨와 등을 주

먹으로 때리고, 가슴도 발로 찼어요. 그러고도 성이 풀리지 않았는지 제 머리채를 잡아 벽에 찧기까지 했어요. 지금도 진저리가 쳐져요.

동생들과 엄마가 들어와 말렸죠. 말리는 엄마와 동생들도 맞았어요. 한참 지나서야 겨우 멈추었어요.

아빠는 다혈질이에요. 회초리 들고 '이 일은 몇 대 맞을 일이다. 네가 수를 세거라.' 절대 이런 식이 아니죠. 갑자기 버럭하며 때리고, 화 풀릴 때까지 닥치는 대로 두들겨요……. 그게 갈수록 더 잦아지고 심해지고 있어요.

정말 죽고 싶어요. 가출도 하고 싶고요. 더 심한 생각도 들 때가 있어요. 아빠를 죽이고 싶거든요. 이대로 있다간 누군가 죽어 나갈 것 같아요. 그렇다고 집을 나가지는 못하겠어요. 나간 다음에 어떻게 살지 대책이 없고, 엄마랑 동생들도 걱정이 되니까요. 엄마는 저만 참으면 된다고 해요. 그런데 정말 참아야 되는 건 아빠 아닌가요? 어떻게 사람을 개 패듯 패요?

이런 이야기 너무 창피하고 끔찍해서 지금까지 아무한테도 말하지 못했어요. 제일 친한 친구한테도요.

가정 폭력의 고통

세상에 태어나 제일 처음 접하는 사람이 가족입니다. 가정은 작지만 결속력 있는 단위로 한 사람의 삶을 좌우합니다. 가정 안에서 부모는 자녀에게 사랑을 베풀고, 위로하고 보호합니다. 자녀는 부모의 사랑을 받으며 자라나 사회에 나갈 준비를 하지요.

그런데 안타깝게도 가족이 원수이고 집이 지옥인 사람이 적지 않습니다. 제 기능을 하지 못하는 가정 때문에 그렇죠. 가족은 뿔뿔이 흩어지고, 자기가 입은 상처를 고스란히, 심지어는 더 키워 남들에게 떠맡깁니다. 여러분의 가정은 어떤지 궁금합니다.

얼굴에 그늘을 드리운 채 말꼬리를 흐리는 미희의 입가에 슬픈 미소가 걸려 있습니다. 털어놓은 이야기보다 그 미소가 더 아팠습니다. 그것이 진한 피눈물이라는 사실을 미희도 저도 알고 있습니다.

아버지에게 얻어맞으면서 미희는 몸도 다쳤지만 더 크게 다친 것은 마음입니다. 미희의 찢어진 마음을 어떻게 치료할 수 있을까요? 어쩌면 더 급하게 치료가 필요한 사람은 미희가 아니라 미희의 아버지와 어머니일지 모르겠습니다. 폭력의 화신 같은 아버지, 폭력에 길들여져 순응하는 어머니, 두 분 다 문제입니다.

그런데 마음이 심하게 아픈 사람일수록 치료를 거부할 가능성이 더 높다는 점이 문제입니다. 미희 아버지를 생각해 보세요. "아버님, 치료 한 번 받아 보세요. 아버님께 문제 있는 것 같거든요." 병원으로 아버지를 불러들여 다짜고짜 이렇게 권한다면 미희 아버지는 어떻게 나올까요? "네, 제가 문제입니다. 잘 하겠습니다." 이렇게 반응할 가능성은 별로 없지요. 설령 진료실에서는 그렇게 말할지 몰라도 집으로 돌아가서는 집안 문제를 밖에 떠들고 다녔다면서 더 화를 내며 손찌검할지도 모릅니다.

숨기려 할수록 폭력은 더 심해진다

　가정 폭력은 생각보다 흔하게 일어납니다. 통계적으로 볼 때 사회적 혹은 경제적인 배경이나 종교에 상관없다고 합니다. 알코올 같은 약물 문제가 있을 때 흔하다고 하지만, 그렇지 않은 경우도 적지 않습니다. 미희 아버지도 술은 못 마시는 분이라고 합니다. 얼핏 보기에는 성품도 좋아 보이죠. 그렇지만 현실은 다릅니다.

　폭력적인 사람은 성숙하지 못하고, 남에게 의존하는 성향이 강하며, 자신을 비하할 가능성이 높은 사람입니다. 원가정, 즉 자기가 자란 가정에서 폭력을 보며 자랐거나, 본인 스스로가 폭력의 희생자인 경우도 많습니다.

　가정 폭력은 여러 가지 문제가 얽혀 있어서 어느 부분을 딱 꼬집어 치료한다고 좋아지지 않습니다. 가정 폭력 문제를 치료하는 첫걸음은 문제를 공개하는 것입니다. 쉬쉬 하고 덮거나 애써 이해한다고 문제가 사라지지 않습니다. 오히려 더 커질 뿐입니다.

피해 가족이 폭력에서 벗어나려면 문제를 겉으로 드러내는 용기가 절실하게 필요합니다. 폭력적인 행동을 하면 내버려 두지 않고 반드시 조치를 취할 것이라는 사실을 가해자가 분명히 알아야만 변화가 시작됩니다. 문제를 드러내는 것만으로도 폭력에 능동적으로 저항하기 시작할 수 있습니다.

미희가 입은 상처 가운데 가장 아픈 것은 사람을 믿지 못하게 되었다는 점입니다. 신뢰감이 깨진 거죠. 아버지도 어머니도, 부모로서 마땅히 해줘야 할 보호를 하지 못했거든요. 그러니 미희가 다른 사람들, 특히 어른들에게 마음을 열어 보이기를 주저할 수밖에 없습니다. 하지만 입을 꾹 다물면 문제는 더 오래 지속되는 법입니다.

누구한테 이야기할지 모르겠다면, 가정 폭력 상담 센터나 학교에 계신 상담 교사 혹은 담임선생님께 말을 꺼내 보세요. 넓은 의미에서 볼 때 학교 폭력은 학생을 상대로 한 모든 폭력을 말합니다. 그러니 가정 폭력이더라도 선생님께서 도움을 주실 수 있는 문제이지요. 미희가 적절한 사람들로부터 관심과 배려를 받아 이 문제를 슬기롭게 해결할 수 있으면 좋겠습니다.

이혼 후 엄마가
내게 집착해요

가정불화로 힘들어 한다면

혼자인 엄마, 더 힘든 고 1 선재

엄마 아빠는 내가 초등학교 때 이혼했다. 아빠의 외도를 엄마는 용서할 수 없었다. 지금도 두 분 때문에 받은 상처가 그대로 남아 있다. 그런 내 마음을 아는지 모르는지, 엄마는 나를 너무나 힘들게 한다. 내게 지나치게 큰 기대를 걸고 계셔서 여간 부담스러운 것이 아니다. 한숨만 절로 나온다.

아빠는 이혼한 지 3년 만에 재혼했다. 듣자 하니 딸도 하나 낳고 아주 화기애애하게 지낸다고 한다. 내가 초등학생일 때 아빠는 늘 술 먹고 늦게 들어오셨는데……. 엄마와 아빠는 매일 부부 싸움을 했다. 하루도 싸우는 소리를 듣지 않은 날이 없을 정도였다. 엄마는 대들거나 목 놓아 울고, 아빠는 소리

지르고 물건을 발로 차곤 했다.

"네 아빠 잘못으로 이혼했다. 앞으로 엄마랑 둘이 사는 거다."

아빠가 싫기는 하지만 아빠 없이 사는 건 더 힘들었다. 설상가상으로 엄마가 술을 마시기 시작했다. 울면서 술주정도 한다. 직장에서 일하는 것 힘들다고 신세타령, 아빠 때문에 이렇게 되었다고 원망, 그 여자 그러니까 아빠의 새 부인에 대한 저주로 이어지는 레퍼토리다. 하소연하다 말고 아빠에게 전화를 걸 때도 있다. 아빠는 엄마 전화를 안 받는다. 엄마는 욕을 하면서 운다.

엄마가 부담스럽다. 엄마는 모든 걸 내게 걸었단다. 내가 공부도 잘하고, 키도 크고, 튼튼하고, 잘생겨져서 아빠 코를 납작하게 해야 한다고 말한다. 그래서 그 여자의 딸보다 백배 나은 자식이 되어야 한다고. 난 꼬마 여자아이랑 경쟁하고 싶은 마음은 하나도 없는데 말이다.

엄마는 내 결혼에 대해서도 벌써부터 난리다. 반듯하고 얌전하고 똑똑하고 착한 며느리 볼 거란다. 그래서 다시는 이 집에서 이혼 같은 꼴 안 볼 거란다.

엄마를 보면 겁이 난다. 공부는 나름대로 열심히 하고 잘하는 편이지만, 엄마 기대치가 너무 높아 걱정이다. 솔직히 어른이 되더라도 결혼할 자신도 없다. 엄마는 말끝마다 세상에서 내가 제일 좋다고 한다. 그 말이 세상에서 제일 듣기가 싫다. 차라리 엄마도 재혼해서 마음 편히 살았으면 좋겠다.

가정불화로 고통스러운 십대에게

　부모님의 싸움과 이혼. 아빠의 재혼과 엄마의 술 문제. 선재가 부딪힌 상황에서 쉬운 것은 하나도 없어 보입니다.

　두 분의 관계는 정리되었기 때문에 어쩔 수 없죠. 그러나 선재를 향한 엄마의 기대는 현재를 지나 미래까지 이어지기 때문에 부담이 클 수밖에 없습니다. 물론 엄마의 마음도 이해는 됩니다. 멋지게 자란 아들을 보란 듯이 자랑하고 싶은 마음도 충분히 납득이 가고요.

　그런데 이 생각이 선재만 숨 막히게 하는 데에 그치지 않고 엄마 자신의 삶까지도 엉망으로 만들 가능성이 있다는 것, 선재의 어머니는 알고 계실까요? 누군가에게 보여주려고 성공한다면, 상대가 봐주지 않을 때의 성공은 무엇일까요? 게다가 사람은 누구든 자신의 삶만 결정하고 책임질 수 있답니다. 엄마가 선재의 삶을 결정하고 책임질 수도 없고, 반대로 선재가 엄마의 삶을 책임질 수도 없지요.

　엄마는 키도 크고, 튼튼하고, 잘생기고, 공부도 잘하고 등등, 생각할 수 있는 멋진 표현을 몽땅 끌어다 붙일 정도로 선재가 잘되기를 바랍니다. 누구나 그런 모습을 바랄 수 있어요. 하지만 하고 싶다고 모두 다 되는 건 아니잖아요. 그게 인생인걸요. 그렇게 되면 물론 좋겠지만 그렇게 되지 않더라도 선재는 행복할 수 있어야 합니다. 사람들에게는 내 모습과 상관없

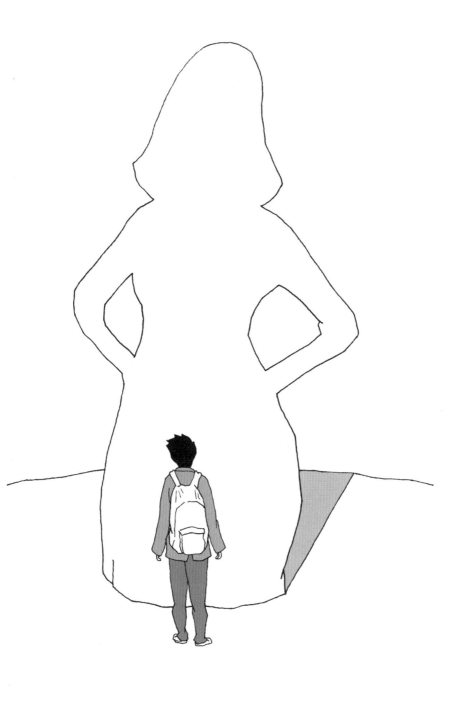

이 행복해질 권리가 있어요. 주변을 돌아보면 키도 작고, 못생기고, 건강도 안 좋고, 공부도 못하지만 여전히 행복한 사람들이 분명히 있거든요.

선재가 공부를 아주 잘하지 않아도 자신이 좋아하는 일을 하면서 행복하게 살 수 있음을 배웠으면 좋겠습니다. 몸이 약하면 고생하지만 그 과정에서 인생을 더 깊이 깨달을지 모릅니다. 영화배우처럼 잘생기지 않았어도 괜찮습니다. 선재만을 사랑하는 좋은 여자를 만나 서로 이해하고 사랑하는 행복한 가정을 꾸릴 수도 있겠죠. 그녀가 굳이 얌전하고 똑똑할 필요까지는 없습니다. 서로 맞으면 되니까요.

선재는 엄마의 꿈과 자신의 현실 사이에 건강한 울타리를 만들어야 합니다. 엄마도 나 자신도 사랑하기 때문에 울타리를 세우는 겁니다. '엄마가 기대하는 모습은 이렇지만, 내가 꿈꾸는 삶은 여기까지다. 엄마의 뜻이 다 이루어지든 아니든 나는 나 자체로 행복하고 만족한다.'는 생각이 필요합니다. 엄마의 꿈에 짓눌리지 않고 엄마의 뜻에 좌우되지 않아야만 선재의 진정한 행복을 찾을 수 있습니다. 이런 결단이야말로 사랑하는 엄마와 소중한 자신의 삶을 지키는 데에 가장 절실합니다.

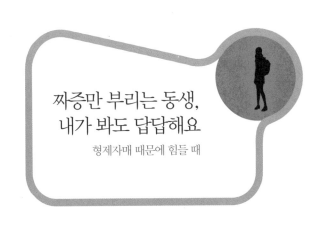

짜증만 부리는 동생,
내가 봐도 답답해요

형제자매 때문에 힘들 때

민영이는 오늘도 남동생이 한심스럽다

민영이는 남동생과 한 살 터울입니다. 어렸을 때부터 동네 사람들이 남매가 연년생이면 많이 싸우겠다고 하던 게 기억이 난답니다. 민영이가 아주 어릴 적부터 최근까지, 진짜 화난 일들을 꼽아 보면 늘 거기에 항상 동생이 끼어 있다고 말했습니다.

동생은 하나에서 열까지 마음에 들지 않는 것 투성이랍니다. 산만하고, 지저분하고, 공부 안 하고, 게임만 하고, 게으르고, 이기적이고……. 나쁜 점을 말하자면 끝도 없다고 한숨을 쉽니다. 게다가 남동생은 친구도 없답니다.

"세수도 제대로 하지 않고 양치도 싫어하니 대체 누가 옆에

오겠어요? 입을 벌리면 고약한 냄새가 나고, 눈곱이 덕지덕지
한데다, 옷도 너저분하고. 누나인 내가 봐도 싫을 정도인데요.
친구 여동생들을 보면 부러워요. 공부도 잘하고, 얼굴도 예
쁘고, 언니랑 말도 통하던데. 얘는 남자애라 그런 건지 아니면
사람이 원래 그런지 정말 답답해요. 보고 있으면 신경질만 나
요."

엄마 아빠도 동생 때문에 하루라도 소리를 지르지 않는 날
이 없답니다. 일어나 학교 가라고 고함, 밥 빨리 먹으라고 버
럭, 공부하라고 벌컥. 동생 때문에 집이 진쟁터입니다. 엄마
아빠가 자주 화를 내시니 민영이 자신도 깜짝깜짝 놀란다고
하네요.

"왜 동생 때문에 온 가족이 피해를 봐야 하죠? 할머니도 짜
증나요. 손자라고 늘 감싸는데, 제가 보기에는 할머니 때문에
버릇을 더 망친 것 같아요. 동생은 아주 웃겨요. 밖에 나가서
는 이리 치이고 저리 치여도 한마디도 못하는 주제에 집에서
는 자기가 무슨 대장이라고 신경질을 부리고 큰소리치는지.
아주 꼴불견이에요."

비슷하지만 결코 같을 수 없는 형제자매

민영이는 고1 여학생입니다. 남동생이 한 살 아래이니 중학

교 3학년, 성격도 예민해지고 반항심도 많아지는 시기이지요. 매일 보고 지내는 남매 사이에서 누나가 동생을 보는 마음이 어떤지, 무엇이 힘들고 어떨 때 속상한지 짐작이 갑니다.

형제자매는 일찍부터 삶을 함께하는 좋은 친구이자 경쟁자입니다. 출생 순서에 따라 성격도 달라지는데요. 첫아이는 대개 온 가족의 관심을 한몸에 받으면서 자랍니다. 그러다가 동생이 태어나면 상황이 달라집니다. 터울이 있으면 자신도 어린데 동생 돌보는 데에 힘을 합쳐야 합니다. 자기 것을 동생과 나누는 것도 배워야 합니다. 경쟁도 온몸으로 배웁니다. 그렇다고 이런 배움이 전혀 쓸모없는 것은 아닙니다. 형제자매 사이에 맺은 인간관계는 나중에 어른이 되어 만날 사람들과의 관계를 키우는 바탕이 되기 때문입니다.

손윗사람의 눈에는 언제나 아랫사람이 부족해 보이기 마련입니다. 엄마 눈에 아이가 언제나 철없어 보이고, 선생님 눈에 학생이 딱해 보이는 거나 마찬가지이죠. 게다가 민영이는 야무진 누나이니 동생은 한참 모자라 보이다 못해 꽤 답답해 보일 테지요.

문제는 이런 일이 계속되면 어떤 부분이 마음에 들지 않는다, 뭐가 잘못 되었다 하기 전에 마음이 먼저 돌아선다는 점입니다. 그렇게 되면 서로 감정이 상하고요. 잘잘못을 떠나 마음이 뒤틀리다 보니 자주 화내고 부딪치겠죠.

민영이와 동생의 심리를 좀더 들여다보기로 하죠.

'동생인지 애물단지인지 답답하다'

　나는 이렇게 생각하고 있는데 한술 더 떠 동생이 누나 말을 무조건 거부한다면? 나는 '꼬마 부모'처럼 걱정이 앞서는데 동생은 누나를 부모처럼 대할 마음이 전혀 없다면? 그야말로 갈등 국면 돌입이죠.

　이럴 때에는 동생이 나를 어떻게 느끼고 있을지, 차분하게 생각해 볼 필요가 있어요. 동생을 걱정해서 하는 말과 행동이라도 동생이 보기에 지나치다면 세법 머리가 굵어진 동생은 기를 쓰고 반항할 거예요. 반대를 위한 반대, 거부를 위한 거부가 시작되는 거죠.

　동생의 미래를 생각하는 마음은 이해가 가지만 내 생각에 옳은 것이 상대에게도 언제나 옳은 것은 아닐 수 있어요. 더구나 나의 역할을 부모 대신이라고 생각하다 보면 나 스스로도 힘들어지죠. 일일이 가르치고 바로잡으려고 하기보다는 모범이 되는 행동을 꾸준히 하는 것이 오히려 동생에게 자극이 될 수 있답니다.

　동생이 신경질 부리는 모습을 보면, 동생 역시 힘든 일이 많은가 봅니다. 비교 당하는 걸 좋아하는 사람은 없잖아요. 아무리 자기 앞가림 못 하는 동생이라 하더라도 비교 당하고 있다는 것은 얼마든지 알아요. 부모님의 비교만 해도 서러운데 잘난 누나한테까지 자신의 약점을 끊임없이 지적받는다면 동생은 어떨까요?

설령 동생에게 문제의 원인이 있다고 하더라도, 누가 문제인지 따지기 전에 상처 입은 동생의 마음을 생각해 보기 바랍니다. 가만히 보면 동생이 갖고 있는 문제들 중에는 노력만으로 쉽게 해결할 수 없는 것이 꽤 있거든요. 외모라든가 지적인 능력이라든가 하는 것들 말이지요. 자기도 쉽게 해결할 수 없는데 옆에서 자꾸만 지적한다면? 우울함과 적개심밖에는 남는 게 없겠지요.

짜증내는 동생을 야단만 치지만 말고, "속상한 일 있나 보네. 누나가 도와줄 건 없니?" 하고 물어 보세요. 여전히 짜증을 낼 수도 있지만 지적만 받을 때보다는 조금은 더 부드러워질 거예요.

그리고 말이죠. 가슴에 손을 얹고 생각해 보세요. 정말 내 문제는 하나도 없는 걸까요? 인간관계 안에서의 문제는 항상 양쪽에게 다 책임이 있는 법이거든요. 언뜻 보기에는 동생이 큰 문제 같지만, 실제로는 민영이에게도 일정 부분 문제가 있을 수도 있죠. 동생을 바라보는 민영이의 시각은 확실히 문제인 것 같고요. 이미 부정적인 쪽으로 굳어져 버렸잖아요.

그러니 권위를 내세워 가르치려고만 하지 말고, 동생과 함께 좋은 생활 습관을 훈련해 보는 것이 도움 될 것 같아요. 권위란 내가 내세우는 것이 아니라 다른 사람이 인정할 때 그 진정한 힘이 발휘된다는 걸 잊지 마세요.

하나 더. 시간을 내어 동생과 영화를 보거나, 등산을 하거나, 어떤 형태로든 밖에서 하는 활동을 함께 해보면 어떨까요? 집 안에서 티격태격하기보다는 취미 생활과 옥외 활동을 함께하다 보면 자연스럽게 동생의 마음을 알 수 있거든요. 동생이랑 더 친해지면 무엇 때문에 그렇게 짜증이 나는지 알 수 있을 거예요. 원인을 알면 어떻게 해야 될지 방향도 잡을 수 있을 거고요.

사람은 말이 아닌 행동에 의해 변화된답니다. 잔소리에는 성질내는 사람일지라도 따뜻한 배려와 관심에는 마음을 열게 되지요.

엄마 아빠보다
힘든 건 나인데

헤어진 부모 사이에서 길을 잃었을 때

창호는 주말마다 여행 가방을 싼다

창호는 이혼하신 부모님 때문에 마음이 무겁습니다. 상담하는 내내 한숨을 푸욱, 발도 까닥까닥, 손가락도 꼼지락꼼지락합니다. 불안하고 답답한 모양입니다.

창호는 이혼한 부모님 문제 때문에 힘들다고 했습니다. 부모님이 이혼하신 지 2년째인데, 주중에는 엄마랑 있고 주말에는 아빠 집에 가는 식으로 지냅니다. 부모님이 이혼한 상황도 괴롭지만 왔다 갔다 하는 것 자체로도 많이 지칩니다. 동네가 서로 멀어 친구들이랑 약속 잡기도 힘들고, 몸도 피곤합니다. 금요일이면 짐을 싸서 토요일 아침 일찍 아빠 집으로 가는데, 매주 원하지 않는 여행을 가는 기분이랍니다.

그나마 몸이 힘든 것은 낫다고 합니다. 두 분 사이의 갈등으로 마음이 더 힘들다고 하네요. 이미 헤어졌으면서 왜 창호에게 상대방 험담을 하는지 정말 모르겠답니다. 엄마는 창호가 실수할 때면 늘 아빠를 닮아서 그렇다고 화를 냅니다. 아빠도 마찬가지이죠. 엄마처럼 대놓고 말하지는 않지만, 뭔가 못마땅한 게 보이면 은근히 엄마를 비난합니다.

얼마 전에는 주말에 아빠 집에 가 있는데, 아빠가 여자한테서 온 전화를 받고는 나가 버렸다고 하네요. 중학생이니 당연히 혼자 숙제하고 밥 챙겨 먹을 수 있지요. 이혼했으니 아빠가 다른 여자를 만날 수도 있겠죠. 그런데도 속상한 건 어쩔 수 없었다네요. 약속 잡고 나갈 거면서 왜 굳이 오라고 했는지 화도 났고요.

"더 황당한 건 그 여자 분이 굳이 저를 보겠다고 한밤중에 집에 온 거예요. 그런데 정말 별로였어요. 인상도 안 좋고, 말도 너무 많고. 아무리 잘 봐주려고 해도 엄마보다 나은 게 하나도 없어 보였어요. 아빠는 왜 그런 여자를 만나고 다니는지 모르겠어요."

부모님의 선택을 존중해야 한다는 생각도 합니다. 독립해서 부모님 곁을 떠나면 그만이라는 생각도 하지요. 그러나 어떨 때에는 자신이 정말 아무 대책도 없는 것처럼 느껴져 불안해집니다. 엄마도 남자가 생기고 아빠도 여자가 생겨 각각 결혼하면 자신은 어떻게 되나 싶기도 하거든요.

"이제는 친구도 사귀기 싫어요. 사실 사귀지도 못하겠어요. 사는 것도 별로 재미가 없어요. 살아도 그만, 죽어도 그만이다 싶기도 해요. 제가 이런 생각 하는 거, 두 분은 모를 거예요. 안다고 한들 뭘 해 줄 수 있겠어요……. 그렇게 울며 말려도 결국 헤어진 분들이고, 지금도 내게는 관심조차 없는데……. 왜 내가 선택한 것도 아닌 일 때문에 이렇게 힘들어야 하는지 모르겠어요."

이혼한 부모, 그리고 남은 아이

창호에게 들려주고 싶은 이야기가 있습니다.

"제가 바꿀 수 없는 일을 받아들일 수 있는 마음의 평온함을, 제가 바꿀 수 있는 일을 바꾸는 용기를, 그리고 그 둘의 차이를 아는 지혜를 제게 허락하소서."

신학자인 라인홀드 니이버의 '지혜를 구하는 기도'랍니다.

자신의 힘으로 상황을 바꿀 수 없다면 이를 받아들이는 평온함이 필요합니다. 바꿀 수 없는 일을 바꾸려고 온 힘을 쏟아부으면 오히려 탈진하는 것밖에는 남는 것이 없습니다. 이혼은 바꿀 수 없는 현실입니다.

그 다음에는 내가 할 수 있는 일을 찾아야 합니다. 지금 내가 꼭 해야만 하는 일이 있다면 그것은 한때 서로 사랑해서 나를 낳은 두 분이 이혼하셨다는 현실을 받아들이는 것입니다. 시간이 더 흐르고 상처가 조금 아물면 넓게 보는 시각이 생길 겁니다. 그때까지 마음은 괴롭겠지만, 부모님의 이혼이 내 삶을 망가뜨리게 내버려두지 마세요.

통계청의 조사에 따르면 2012년 한 해 동안에만 우리나라의 법적 이혼이 12만 8,400건에 달했다고 합니다. 이혼 가정의 자녀들일수록 행동 및 정서 문제를 겪기 쉽습니다. 학교 성적이 떨어지고, 친구 관계에 적응하지 못하거나, 말썽 많은 학생이 될 가능성이 높다고 합니다.

이혼 가정의 자녀는 자신이 어떻게 해서든 이혼을 막았어야 했다며 죄책감에 빠질 수 있습니다. 또 한편으로는 상처받고, 분노하며, 부모의 행동을 비난할 수도 있고요. 심한 경우에는 어른들에게 공격적이 되거나, 가출하며, 자살을 기도하는 사례도 있습니다.

부모의 이혼으로 입은 상처로부터 회복되는 데에는 대략 3년에서 5년이 걸린다고 합니다. 그러나 '회복' 이후에도 흉터처럼 마음의 상처는 여전히 남지요. 이혼한 가정의 자녀들은 자신과 많은 시간을 보내는 부모에게 분노를 표현하는 경우가 흔합니다. 엄마랑 사는 아이가 집을 나간 아빠보다 엄마에게 짜증을 내는 식입니다.

바꿀 수 없는 현실인 부모의 이혼에 자녀가 적응하려면 부모의 노력이 절실하게 필요합니다. 그중 가장 중요한 것은, 자기한테 화를 쏟아 내는 자녀를 끝까지 사랑하고 품으려는 자세입니다. 여기에 하나 덧붙이자면, 자녀가 받을 상처를 고려해서 서로 간에 말다툼하는 것을 그치도록 노력해야 한다는 것입니다. 가능하면 둘이 일관된 행동을 보여주어야 하고요. 엄마가 야단치는 일은 아빠도 야단쳐야 하고, 엄마가 칭찬하는 일은 아빠도 칭찬하는 식으로 말입니다. 당연히 쉽지 않은 일이고, 부모가 둘 다 성숙한 인격의 소유자라야 가능합니다.

부모의 이혼 앞에 자녀가 할 수 있는 것은 무엇이 있을까요? 두 분의 관계를 달라지게 하고 싶은 마음이 굴뚝같겠지만, 대부분의 경우 이혼과 그 후의 상황은 자녀가 어떻게 한다고 해서 달라지지 않는 경우가 많습니다. 그래서 창호에게도 받아들여야 한다고 권고한 거예요.

자식을 생각해 억지로 사는 부모도 있지만, 그 선택이 모두의 행복을 가져 온다고 보기는 어렵습니다. 중요한 것은 가족이 화목하게 살 수 있는 노력과 여건이지요. 창호도 이제 부모님의 이혼과 선택을 받아들이고 자신의 삶에서 행복을 찾아 누릴 시간이 온 것 같습니다. 속상하고 힘들 때도 많겠지요. 그렇지만 때로는 자기 의견을 내고 때로는 부모님의 입장을 이해하면서, 가족의 행복을 함께 지키려고 노력하기를 바랍니다. 잃은 게 많은 건 사실이지요. 그러나 곰곰이 생각해 보면 아직도 많은 것이 남아 있음을 볼 수 있을 거예요.

'누군가' 내 몸을
만진 것 같아요
가까운 사람에게 성추행을 당했다면

새아빠의 행동 때문에 고민인 선미

저, 고민이 있어요. 새아빠 일인데요, 말씀드리기가 힘드네요.

저희 가족 이야기부터 할게요. 엄마는 제가 초등학교 3학년 때 이혼하셨어요. 이유를 확실히는 모르지만, 부모님이 싸우는 거나 엄마가 다른 사람에게 하소연하는 걸로 봐서는 아빠의 불륜 때문이었던 것 같아요.

제가 중학교 1학년 때 엄마가 재혼했어요. 저는 별로 반대하지 않았어요. 엄마랑 둘이서만 살 때는 쓸쓸하고 무서울 때도 있었는데 그래도 다행이다 싶었죠.

아빠는 엄마에게 잘 해 주셨어요. 집안일도 도와 주시고, 화내는 일도 거의 없었어요. 아빠가 데려온 오빠가 있는데, 대학생이라 바빠 저랑 이야기할 시간은 많지 않지만 그래도 잘 해주는 편이에요. 아빠는 다른 아빠들이랑 비슷해요. 친절하고 자상하지만 때로는 엄하고…….

그런데 정말 황당한 일이 벌어진 거예요. 어느 날 학교 갔다 와 보니 엄마가 없었어요. 시장 가셨나 싶어 기다리다가 안방 침대에 누워 잤어요. 그런데 누가 옆에 온 것 같아 깨어 나니 아빠가 옆에 누워 제 가슴을 만지고 있는 거예요. 저는 너무나 당황해서 아무 말도 하지 못하고 뒤척이듯 엎드렸어요. 잠시 뒤 아빠가 나갔죠. 그 전에도 그런 일은 없었고, 그날 이후로도 지금까지 그런 일은 또 없었어요.

정말 이해가 안 되는 건 왜 그 일이 생겼나 하는 거예요. 제가 엄마 침대에 누워 있었으니 혹시 저를 엄마로 착각했나 싶기도 해요. 그런데 만일 의도적으로 저를 추행한 거라면 어쩌죠? 그런 일이 다시 생기지 않는다는 보장도 없고…….

저는 공부 열심히 해서 대학 가고 부모로부터 독립하는 것이 꿈이에요. 하지만 그 일이 있고 나서는 도저히 공부에 집중할 수가 없어요. 엄마에게는 감히 상의할 수도 없는 일이에요. 차라리 아빠에게 따지고 묻고 싶기도 한데 자꾸 피하게만 되네요.

정말 괴로워요. 엄마는 한 번의 배신으로도 충분히 괴로워 하셨잖아요. 그런 엄마에게 또 다시 상처를 줄 수는 없고 말이에요.

가까운 사람에게 성추행 당했다면

선미는 외고 1학년의 야무지고 똑똑한 여학생입니다. 부모님의 이혼과 어머니의 재혼을 겪었지만 불평하지 않고 열심히 공부하고 있었지요. 적어도 그 일이 생기기 전까지는 말입니다.

성폭력이니 성추행이니 하는 이야기를 들으면 무섭고 겁나서 외면하고 싶은 마음이 앞설 겁니다. 그래서인지 몰라도 나와는 거리가 먼 이야기처럼 들리기도 합니다. 그러나 현실은 어둡습니다. 2012년 한국 성폭력 상담소의 통계에 따르면 성폭력을 상담한 1,437건 가운데 청소년, 특히 여성 청소년의 상담은 총 241건으로 16.2퍼센트를 차지했다고 합니다. 상담을 받거나 신고하는 비율이 매우 낮은 실정을 생각한다면 결코 적지 않은 수치예요.

통계에 따르면 성추행은 낯선 사람보다 쉽게 접근할 수 있는 사람, 특히 친척을 포함한 가족 구성원에 의해 벌어지는 경우가 훨씬 많다고 합니다. 성추행을 당한 사람은 이루 말할 수 없는 심리적 충격을 겪습니다. 공포와 수치심, 죄책감으로 뒤범벅됩니다. 어떻게 대처해야 할지 몰라 당황하거나 숨기기 쉽습니다.

그러면 이 문제를 서로 불편하지 않도록 덮어 두는 것이 옳을까요? 전혀 그렇지 않습니다. 해결하는 첫 걸음은 이 문제를 드러내어 밝히는 것입니다. 문제를 드러내는 과정에서 더 난감한 상황에 부딪힐 수도 있습니다. 선미가 걱정한 것처럼 주변 사람들, 특히 엄마가 배신감과 충격으로 혼란에 빠지겠죠. 하지만 상처를 뿌리에서부터 치유하려면 이 과정을 포기하거나 건너뛰어서는 안 됩니다.

선미 어머니가 이 이야기를 들으면 어떻게 반응할까요? 딸을 보듬고 남편과 이 문제를 해결하려고 애쓴다면 더 바랄 일이 없을 것입니다. 가장 건강한 반응이겠죠. 그러나 엄마가 충분히 건강한 분이 아니라면 선미가 한 말이 사실이 아니라고 할지 모릅니다. 진료실에서 어린 시절 성추행을 겪었던 사람들이 전하는 이야기를 들으면 그런 경우가 종종 있습니다. 이상한 이야기 꾸며 내지 말라고, 말도 안 되는 소리 하지 말라고 하면서 더 이상 이야기하지 못하게 하는 거죠.

엄마가 그렇게 반응할 수도 있다는 사실을 감안하더라도 이야기를 꺼낼 용기는 꼭 내야 합니다. 혼자 감당하면서 좋게 넘어가려고 하다 보면 그 상처가 나 자신을 파괴하는 독으로 작용하기 때문입니다. 충동 조절이 안 되는 사람, 자살이나 자해 행동을 보이는 사람들 중에는 어린 시절에 성적 추행을 경험한 비율이 높다고 합니다. 나중에 더 큰 문제를 막기 위해서라도 적절한 도움을 받고 해결책을 시도할 필요가 있습니다.

진실을 드러내면서 아파 할 선미가 걱정됩니다. 충격으로 흔들릴 가정은 또 얼마나 혼란스러울까요. 그래도 다시 한 번 말합니다. 드러내는 과정이 많이 힘들겠지만, 그때 겪는 고통은 선미가 그 상처를 묻어 두었을 때의 고통과 비교하면 그리 크지 않습니다.

선미는 성추행의 상처가 자기 인생을 좌우하게 내버려두지 말고, 용기 있게 소매를 걷어붙이고 나서야 합니다. 이런 상황을 겪었을 때 어떻게 반응하고 어떻게 대처하느냐에 따라 이후의 결과 역시 완전히 달라지니까요.

여러분이 선미라면 어떨까요

"창피하고 걱정되어 남한테 말하진 못하겠어. 나 혼자 끙끙 앓고 있자니 더 힘들지만."

혹시 이런 상황은 아닌가요? 몸에 난 상처라도 치료 방법이 다양하듯, 마음에 생긴 상처에도 다양한 치료법이 있습니다. 상담으로 문제를 풀어 놓는 것은 그중 하나죠.

이런 상처는 곰팡이와 비슷한 습성이 있어서, 햇볕을 쪼이고 바람이 통해야 치유할 수 있답니다. 드러내지 않으면 좋아지기 힘들다는 말이지요. 주변에서 상담할 분을 찾기 어렵다면 청소년 상담 기관이나 병원처럼 힘을 실어 줄 수 있는 곳을 찾아가 보세요.

"지난 일을 어쩌겠어. 다 잊고 이제라도 즐겁게 사는 수밖에."

이렇게 생각하는 게 고통 속에 잠겨 있는 것보다 나아 보일지 모르지만, 엄밀히 따지면 아픔을 느끼지 않거나 부인하는 그 모습이 더 걱정스럽습니다.

물론 이런 과정 가운데 자기 나름의 방법으로 상처를 극복하는 경우도 있지만, 상처를 외면하는 데에 급급한 사람들이 더 많습니다. 쓰레기가 눈에 안 보인다고 없어지는 것은 아니죠. 버리고 청소해야 사라지거든요. 쓰레기를 치우는 것이 귀찮고 더럽다는 이유로 외면하다 보면 대청소를 해도 지워지지 않는 먼지와 얼룩이 마음에 겹겹이 끼일 수 있습니다. 정말 다 극복한 것이 맞는지 꼼꼼하게 들여다보는 수고를 놓치지 마세요.

"누군가에게 말하고 도움은 받고 싶어. 하지만 결과나 과정이 너무 무서워."

드러내는 과정 자체가 고통이라고 생각해서 그럴 거예요. 어떻게 해야 해결되는 건지 막막할 거고요. 막상 이야기를 한 뒤에도 이럴 수 있어요. 당장 눈에 띄게 달라지는 것은 없고, 괜히 내 이야기를 들어준 사람까지 불편하게 만든 것 같고…….

이런 종류의 상처를 치유하는 데에는 시간이 오래 걸립니다. 과정도 힘들어요. 그러나 내가 누군가에게 도움을 청하는 순간부터 나는 나 혼자가 아닙니다. 내 이야기를 들어준 다른 누군가와 함께 이 일을 겪고 이겨 내는 중이거든요. 그러니 미리 걱정부터 하지 말고 도움을 청하세요. 가까운 사람에게 이야기하는 것으로 충분히 도움을 받지 못한다면, 보다 공식적으로 도움을 줄 수 있는 전문 기관을 찾아도 괜찮아요. 겨울이 길다고 봄이 오지 않는 것이 아니듯, 당장은 변화가 없어 보여도 치유는 서서히 일어난답니다.

"터놓아야 상황이 나아져. 고통은 과거, 치유는 현재. 그래도 내 미래는 밝을 거야."

이것이 가장 바람직한 태도일 거예요. 그런 일이 없다면 제일 좋았겠죠. 그렇지만 그런 일이 이미 벌어졌다고 해도 삶은 계속 되어야 해요. 인생은 어떤 한 가지 사건만으로 결정되는 것이 아니기에 힘을 낼 수 있습니다. 아무리 고통스러운 일이더라도 시간이 가고 노력하면 해결할 수 있어요.

고통은 나눌수록 줄어들고 기쁨은 나눌수록 커진다고 하죠. 신뢰할 만한 사람과 자신의 아픔을 나누어 보세요. 그들과 함께 적절한 해결책도 찾아보고요. 아픔을 딛고 일어선 자신의 참된 모습과 마주하기를 두려워하지 마세요.

7

왜 절제하지 못하는 걸까요

빠져들수록 흥분되고 짜릿하기도 하지만
그 누구에게도 차마 말하지 못하는 것들

끊고 싶은 생각이 없는 것은 아니지만, 도저히 끊지 못
하겠어요. 차라리 왕창 혼나고 정신 차렸으면 좋겠다는
생각도 들어요. 어린 나이라서 그런지 머리가 나빠지는
것 같아요.

밤낮없이
인터넷 생각뿐이에요

인터넷에 많은 시간을
빼앗기고 있다면

"컴퓨터만 켜면 시간가는 줄 몰라요"

하루에 두 시간 정도 인터넷 서핑을 하는 게 심한 건가요?
시험 기간에도 빠짐없이 두 시간씩 한다면 말이죠.

예전에는 안 그랬는데 이제는 책상 앞에 앉으면 컴퓨터부
터 켜요. 컴퓨터를 켜면 이메일 확인하고, 신문 기사 보고, 동
영상 검색하고……. 그러다가 인터넷 쇼핑을 해요. 쇼핑하다
보면 한두 시간은 후딱 가죠. 어떤 날은 다섯 시간을 책상 앞
에 앉아 있었는데, 공부는 단 한 자도 하지 않고 인터넷만 하
기도 했어요.

제 친구들 중에도 저랑 비슷한 애가 많아서 저만 유별난 것
같지는 않아요. 그래도 성적이 많이 떨어지고 엄마 아빠도 슬

슬 화내기 시작하니 걱정되네요.

제가 봐도 갈수록 더 심각해져요. 책상에 앉으면 안 그래야지 하면서도 컴퓨터부터 켜니까요. 일단 켰다 하면 그때부터는 조절이 안 돼요. 여기저기 기웃거리거든요. 이것만, 여기만 하다가 두세 시간 표류하는 식이죠.

선생님, 이게 학교 공부에 집중 안 되는 것과 상관 있는 건가요? 수업 시간에 이런저런 기사 생각이랑 찜해 놓은 물건 생각도 나고, 재미있게 봤던 동영상들도 어른거리거든요……. 얼른 집에 가서 다시 컴퓨터 켤 시간만 기다려요. 어쩌면 좋을까요?

인터넷에 너무 많은 시간을 보낸다면

영태는 모범생으로 학교생활에 문제가 없었습니다. 평범한 가정에서 자랐고, 부모님과의 사이도 나쁘지 않은 편입니다. 그런데 요즘은 인터넷 때문에 부모님께 야단맞는 일도 잦아지고 도통 자기 일에도 집중할 수가 없답니다.

인터넷 중독은 흔하게 사용하는 용어이지만 아직까지 정식 병명으로 인정된 것은 아닙니다. 자주 쓰는 말은 '중독'이지만 '의존'이 더 정확한 표현입니다. 모든 종류의 의존에는 금단과 내성이라는 특성이 있습니다. 금단? 내성? 무슨 말인가 궁금

하다면 좀더 자세하게 설명해 볼게요.

금단은 상당히 오랜 기간 동안 정기적으로 해오던 것을 중단하거나 줄였을 때 나타나는 현상인데요. 생각, 느낌, 행동에 혼란이 나타나면서 다양한 신체 증상도 경험합니다. 인터넷 금단은 이런 모습이에요. 시골에 놀러 갔을 때처럼 인터넷을 할 수 없는 특별한 상태에 놓였을 때 불안 초조하고, 기껏해야 스팸이나 광고가 대다수임에도 불구하고 이메일을 빨리 확인해야만 할 것 같고, 마음껏 웹서핑을 즐기고 싶은데 그렇게 못하는 시간이 길어질수록 짜증과 신경질이 늘어납니다.

내성은 처음에 하던 만큼만 해서는 만족이 점점 떨어지는 현상입니다. 이전에는 한 시간만 해도 재미있던 인터넷 순례가 한 시간 갖고는 턱도 없고, 두 시간, 그 다음에는 세 시간, 나중에는 쉬지도 않고 하루 종일 인터넷 속을 헤매야만 직성이 풀립니다.

참고로 한국 정보화 진흥원에서 운영하는 인터넷 중독 대응 센터에 소개된 개념을 살펴볼까요. '인터넷 중독이란 인터넷 사용에 대한 금단과 내성을 지니고 있으며 이로 인해 일상생활의 장애가 유발되는 상태'입니다. 앞에서 설명한 금단과 내성의 개념이 모두 포함되어 있는 게 보이지요?

영태는 인터넷의 바다에 빠져 허우적대기 전까지는 그다지 문제가 없었던 것 같습니다. 평범하게 지내던 영태에게 일상은 약간 지루하고 답답했을 것 같기도 해요. 그러다가 마주친 인터넷은 새로운 세계로 나아가는 문이자 새 세상 그 자체였을 겁니다. 처음에는 신선한 기분 전환 정도였는데 이제는 자기 일에 집중하지 못할 정도로 방해가 되었다니 걱정입니다.

인터넷에 과도하게 의존하고 있다면

어떤 사람이 정신 건강 의학적으로 질병의 상태에 있다고 말하려면 두 가지 조건 중 하나에 해당 되어야 합니다. 하나는 겪고 있는 고통이 극심해야 하고, 또 하나는 원래 자기가 하던 일을 하지 못해야 합니다.

청소년 대부분은 학생이기 때문에 생활을 어떻게 하는지에 따라 병인지 아닌지 구별합니다. 공부에 흥미가 없고, 집중력도 낮아지고, 시간에 맞춰 등하교 하는 것도 어려워진다면 질병의 상태에 접어든 것은 아닌가 생각해야 하죠. 그렇지만 학생이라고 학교에서의 삶만 있는 건 아니잖아요? 가족 구성원으로서의 삶, 친구들과 어울리는 삶에 무리 없다면 어느 정도는 괜찮다고 볼 수 있습니다. 영태가 친구들과도 잘 어울리고 엄마 아빠와도 문제가 없다면 병적인 중독이라고 하기는 어렵습니다.

그런데 영태는 이 모든 영역에서 조금씩 심해지고 있어요. 시험 기간에도 시험 공부는 하지 않은 채 인터넷에만 매달린

다잖아요. 심지어 다섯 시간 내내 인터넷에서 헤맨 적도 있고요. 성적은 떨어지고, 이제는 학교에서 지내기도 힘들 정도라고 합니다. 엄마 아빠도 슬슬 참을성을 잃어 간다면서요.

무엇엔가 과도하게 의존하면 자신의 문제를 자꾸만 축소하고 싶은 유혹에 사로잡힙니다. "이 정도면 괜찮아, 더한 사람도 있다는데……", "나는 그래도 기본적인 일은 하잖아.", "내가 나쁜 게임에 빠진 것도 아닌데, 뭐." 등등 온갖 핑계와 변명이 줄지어 나옵니다. 그러나 토를 붙이려는 행동 자체가 이미 스스로 문제를 알고 있다는 뜻이기도 합니다.

중독에서 벗어나는 첫 걸음은 내가 중독자라는 사실을 깨닫고 받아들이는 것이랍니다. 이 정도는 괜찮다고 우기고 싶은 마음을 잠시 접고, 스스로에게 질문했으면 합니다.

'나 정말 괜찮은 거 맞아?'

중독의 문제에서는 내 생각보다 주변 사람의 생각에 더 귀를 기울여야 합니다. 나 스스로를 속이는 생각을 하기가 쉬워서 그래요. 끝까지 괜찮다고 말하고 싶더라도 가족이나 친구가 "너 요새 문제 있다."라고 말하면 정말 문제가 있는 것은 아닌가 생각해 봐야 하지요.

나한테 정말로 문제가 있다는 결론에 이른다면 다음 단계는 결심입니다. 이 상태에 그대로 머물러 있지 않겠다고 굳게 결심하는 단계입니다. 달라질 수 있다고 생각하는 만큼 변화의 가능성이 열리는 법이니까요. 그래서 영태가 한 말, "어쩌면 좋을까요?" 그 말이 반가웠습니다. 힘들지만 그래도 어떻게든 방법을 찾고 싶다는 외침이니까요.

습관을 바꾸기는 어렵습니다. 그렇다고 불가능한 것은 아닙니다. 작고 사소한 습관들 가운데 쉽게 바꿀 수 있는 걸 먼저 찾아보세요. 책상에 앉으면서 컴퓨터부터 켠다면 컴퓨터를 책상에서 멀리 치우는 게 어떨까요? 물리적으로 멀어지면 마음도 떠나기 쉽습니다. 안방이나 거실로 컴퓨터를 옮기거나 자물쇠로 잠그는 것도 생각해 보세요. 내 힘만으로 안 되니 도와 달라고 부모님께 말하면서 해야 되겠죠. 처음에는 컴퓨터 없이 산다는 게 겁나겠지만 생각보다 큰 도움이 될 것입니다.

오늘은 내 습관을 바꾸기로 하는 첫날입니다. 무엇이라도 좋으니 조그만 변화 한 가지라도 새롭게 시작하여 실천하기를 응원합니다.

거식과 폭식,
내 얘기예요

식사 장애에 시달리고 있다면

식사 장애로 괴로운 고1 인영이

선생님, 저 정말 큰일 났어요. 먹는 걸 어떻게 해야 할지 모르겠어요.

저요, 예전에는 거식증이었던 것 같아요. 거의 아무것도 먹지 않았거든요. 체중이 엄청 빠졌어요. 머리카락이 빠지고 생리도 멎었죠. 엄마한테 끌려가 병원에서 치료를 받았어요. 치료가 도움이 되었는지 좀 나아졌던 것 같아요. 밥도 먹게 되었으니까요. 그런데 얼마 지나니까 약이 먹기 싫더라고요. 그래서 약을 먹는 척하면서 몰래 버렸죠. 나중에는 괜찮다고 하면서 아예 병원도 안 갔고요.

처음에는 괜찮더라고요. 하지만 진짜 괜찮은 건 아니었나 봐요. 얼마 전부터는 폭식 증세가 생겼거든요. 자꾸 뭐가 먹고 싶어요. 아무 생각 없이 마구 먹어 대죠. 목구멍까지 꽉 차서 토할 때까지 먹어요. 처음에는 제가 잘 먹으니 보기 좋다던 엄마가 "그만 먹어! 배 터지겠다!" 하면서 말리기 시작했어요. 이제 엄마는 음식을 숨기기에 바빠요.

제가 이렇게 된 건 다 엄마 때문인 것 같아요. 저는 외동딸이지만, 사랑 같은 거 하나도 못 받고 자랐어요. 엄마는 엄청 미인인데요, 밤낮 꾸미느라 바빠요. 미장원에, 네일 케어에, 마사지에, 운동에, 정신이 없죠. 전업 주부인데도 웬 스케줄이 그렇게 많고 바쁜지. 저는 언제나 뒷전이에요. 아주 어렸을 때부터 엄마는 제 편이 아니었어요. 얼마나 많이 때렸는지 몰라요. 물 한 잔만 쏟아도 버럭 소리를 질렀고, 말대꾸라도 하면 친구 앞에서도 제 뺨을 때렸다고요.

제 얼굴 보세요. 정말 끔찍하죠? 머리숱도 없고, 피부는 엉망이고, 살은 다 텄어요. 엄마는 먹는 것 하나 조절하지 못한다고 구박이에요. 학교 가기도 창피하지만, 집에 있기는 더 싫어요.

"이런 나를 나도 말리지 못하겠어요"

식사 장애라는 병명, 들어본 적 있나요? 먹는 것은 참 즐겁고 편안한 일이라고 생각하는 사람들에게는 이상한 일이겠죠.

　신경성 식욕 부진과 신경성 폭식증은 식사 장애의 대표적인 예입니다. 좀더 설명해 볼게요. 먼저, 거식증이라고도 부르는 신경성 식욕 부진은 필요한 에너지보다 음식을 너무 적게 섭취해 심각한 저체중 상태에 빠져 있는 경우를 말합니다. 예전에는 표준 체중의 몇 퍼센트가 안 되면 하는 식으로 진단했지요. 하지만 최근에는 나이와 성별, 성장 발달 단계를 고려해서 심각한 저체중인지 여부를 판단합니다.

　신경성 식욕 부진을 겪으면 분명히 깡마른 체구임에도 불구하고 살이 찌거나 뚱뚱해지는 것을 두려워합니다. 자신의 체중이나 몸매를 실제와는 다르게 인식하죠. 말랐는데도 배가 많이 나왔다거나 다리가 굵다는 식으로요.

　신경성 폭식증은 반복적인 폭식이 특징입니다. 많이 먹는 것은 폭식이 아닌 과식입니다. 폭식은 달라요. 대략 두 시간 이내의 짧은 시간 동안 보통 사람이 먹는 양보다 훨씬 많은 음식을 먹습니다. 앉은자리에서 큰 피자 한 판을 다 먹는 식이죠. 실제로 먹는 음식 양과 상관없이, 먹는 것을 조절하지 못하거나 중단할 수 없을 것 같은 느낌에 사로잡히는 경우도 폭식으로 봅니다.

　신경성 폭식증은 체형이나 체중에 의해 자아 평가가 과도하게 달라집니다. 뚱뚱하다고 느껴지면 자신이 바보 같고, 살이 조금 빠지면 날아갈 것 같습니다. 그렇다 보니 살찌는 것을 싫어해서, 잔뜩 먹고는 살이 찌지 않기 위한 특단의 조치를 취합니다. 토하기, 변비약이나 이뇨제 같은 약 먹기, 굶기, 과도하게 운동하기 등이 여기에 속합니다.

거식증도 폭식증도 결국 먹는 것이 정상적이지 못해서 심한 고통을 겪습니다. 이 병을 앓는 사람의 삶에는 먹고 마시는 것과 체중 생각만 남고 나머지는 다 사라지게 됩니다. 사회적으로 외모나 체형에 대한 관심이 높아지면서 청소년들의 식사 장애도 급속하게 늘어나고 있는데요, 식사 장애는 죄책감이나 부끄러움을 일으키기 쉬워서, 당사자도 가족도 쉬쉬하며 숨기는 경우가 많습니다. 독감으로 고생한다거나 빙판에 넘어져 발목을 삐었다고 말하기는 쉬워도 먹고 토해서 괴롭다고 말하기란 어려운 일이니까요.

그렇지만 식사 장애도 다른 마음의 병처럼 드러내야만 치료가 가능합니다. 이런 문제를 가진 친구들이 있다면 두려워하지 말고 상처를 보이고 도움을 구하는 용기를 냈으면 좋겠습니다.

내가 인영이라면 어떻게 해야 할까

인영이의 이야기가 여러분에게는 어떻게 들렸나요? 낯설고 두렵게만 느껴지는지, 차마 말 못 하지만 나 역시 그런 경험을 해본 적이 있는지 궁금하군요. 신경성 식욕 부진을 처음 앓기 시작하는 시기는 대략 십대 중반입니다. 청소년기 여자의 0.5 내지 1퍼센트가 이 병을 갖고 있다는 통계도 있어요. 신경성 폭식증도 청소년기 후반에 흔하게 생기는데요, 젊은 여성의 1 내지 3퍼센트가 이 병을 갖고 있다고 해요. 생각보다 흔하지 않은가요?

여러분은 이 문제를 어떻게 생각하는지, 그리고 그 생각에 문제는 없는지 함께 들여다보죠.

"먹는 것도 문제이지만 외롭고 힘든 것도 문제예요."

우울하고, 폭식하고, 토하고, 그러다 울고, 죽고 싶을 만큼 괴롭고……. 이것만으로도 힘든데 도와줄 사람조차 없다면 얼마나 괴로울까요? 이렇게 생각하는 사람이라면 좀더 깊은 상담을 받아 보라고 권하고 싶어요. 당장 병원을 찾기가 어려운 상황이라면 청소년 상담 기관이나 온라인 상담부터 시작해도 괜찮아요.

비록 처절할 정도로 외롭게 느껴질지 모르지만, 실제로는 혼자가 아니라는 사실을 꼭 말해 주고 싶어요. 우울감이 극심해지면 마음속이 우울로 꽉 차서 주변을 보는 시각이 달라집니다. 구름이 잔뜩 끼면 태양이 안 보이듯 우울감이 가득하면 나를 걱정해 주는 사람이 있어도 내 눈에 보이지 않는답니다. 그러니 도움을 받을 만한 기관이나 상담자를 찾아야 하는 거예요. 함께 힘을 모아 문제를 해결해 갈 수 있기를 바랍니다.

"식사 장애까지는 아니지만, 인생이 고달픈 건 마찬가지예요."

다행히 식사 장애까지 가지는 않았지만, 삶이 가시밭길처럼 느껴지는 사람들이 있지요. 만일 조금이라도 스트레스 받는 일이 생긴다면 중심을 잃고 흔들리기 쉽겠죠.

기초가 약한 집은 날씨가 좋을 때에는 괜찮지만 태풍이라도 오면 무너지기 쉬워요. 태풍이 오지 않기를 바라면서 가만히 있기보다는 조금이라도 미리 준비하는 것이 최선입니다. 식사 장애 증상이 없다는 것만으로 안도하지 말고, 나의 약한 부분은 어디인지 지금이라도 깨닫고 보완하는 것은 어떨까요? 무거운 마음의 짐을 지고 있다면 어떻게 그 짐을 내려놓을지 궁리도 해보고요.

하나 더, 밝은 성격의 친구들과 어울려 보기를 권합니다. 주변에 어울릴 사람이 없다면 혼자 할 수 있는 기분 전환도 찾아볼 수 있어요. 긍정적인 가치를 담은 영화나 책을 보는 건 어때요?

"병까지는 아닌 것 같지만, 주로 먹는 걸로 감정을 표현하는 경향은 있어요."

아마도 몇 번은 폭식을 경험했나 봐요. 기분이 좋지 않을 때 먹는 것으로 화풀이하는 정도로 가볍게 그랬는지, 아니면 잔뜩 먹고 토할 정도로 심하게 그랬는지 궁금해요.

내 마음을 가만히 들여다보세요. 혹시 감정 표현을 잘하지 못하니까 폭식으로 풀려는 건 아닌가요? 우울하고 기분이 좋지 않다고 말하는 대신 과자 한 봉지를 먹어 치우는 게 쉬워 보여서 말이에요. 꾹 눌러 참는 것보다는 먹는 게 낫다고 느낄지도 몰라요. 그러나 대리 만족은 한계가 있습니다.

친구와 다투고 언짢은 기분으로 집에 오자마자 아이스크림 한 통을 다 먹었다고 생각해 보세요. 그 당장은 기분이 나아지는 듯 느낄지 몰라요. 달달한 아이스크림이 입 안에 녹아내리는 그 느낌, 정말 환상이잖아요. 하지만 그 순간은 오래 가지 않죠. 텅 빈 아이스크림 통을 보면서 내가 왜 이걸 먹었지 하겠죠. 체중에 신경 쓰는 사람이라면 내일 아침 체중계 숫자가 두려울 거예요. 또 다시 먹는 걸로 스트레스를 푼 내게 화가 나고요. 결국은 기분이 처음보다 더 언짢아집니다.

이런 사람들은 감정을 솔직하고 건전하게 표현하는 연습을 해야 합니다. 당연히 힘들죠, 안 해보던 거니까요. 그래도 연습을 꾸준히 하면 다른 부가적인 문제가 생기는 것을 막을 수 있어요. 어렵게만 생각하지 말고 지금 바로 시작해 보세요. 아이스크림을 먹어 치우는 대신 "난 지금 기분이 나빠."라고 말하는 거예요.

"먹는 데에 문제가 있을지 모르지만 그건 다 스트레스 때문이라고요."

스트레스만 아니라면 게걸스럽게 먹어 대는 일이 없을 거라고 생각하죠? 맞는 말이기는 해요. 한 살 두 살 먹어 갈수록 세상은 왜 이렇게 힘든 일들뿐일까요? 친구들은 내 마음을 몰라주고, 가족은 힘이 되기는커녕 짐만 되고, 학교에서 요구하는 모든 의무는 지긋지긋합니다.

그렇지만 이것이 전부는 아니랍니다. 나도 모르는 사이에 스스로에게 자꾸만 핑계 거리를 만들어 주고 있다는 점, 알고 있나요?

곰곰이 생각해 보세요. 스트레스가 전혀 없는 세상을 상상할 수 있을까요? 천국이라면 모르지만, 스트레스 없는 세상은 불가능합니다. 스트레스가 없어지면 폭식도 우울도 없어질 거라고요? 그것은 문제를 지나치게 단순화해서 보는 거예요. 파도가 멎을 때 바다에 나가겠다고 다짐한다면 세상이 끝날 때까지 바닷가에 앉아 있어야 할지도 몰라요.

스트레스에 맞서 싸우는 방법, 스트레스에서 적당히 비켜가는 방법을 배워 보기를 권합니다. 지나치게 부담스러운 일은 줄여 보세요. 모든 것을 내가 다 할 수는 없거든요. 선택과 집중이 필요해요.

그래도 힘이 든다면 그때그때 받는 스트레스를 표현하고 해소할 나만의 방법을 찾아보세요. 친구들과 이야기하는 것이 좋은지, 운동이 좋은지, 취미 활동이 재미있는지 행복한 고민에 빠져 보세요.

"저는 잘 먹고 행복하게 살고 있어요. 인생도 즐겁고, 먹는 건 더 즐겁죠."

유쾌, 발랄, 명랑한 모습에 덩달아 기분이 좋아지네요. 살다 보면 힘든 일이 왜 없겠어요. 그럼에도 불구하고 지금처럼 의기양양한 미소를 띠는 것은 삶의 밝은 면을 보기로 작정했기 때문일 거예요. 긍정적인 사고방식은 얼마든 칭찬해 주고 싶어요. 그런데 이런 사람들이 빠지기 쉬운 함정이 존재한다는 것도 알아두었으면 해요. 바로 자만이라는 함정이죠.

'나는 이겨 냈는데 도대체 왜 못하는 거야? 바보같이.', '날봐. 힘들었어도 버텨내잖아? 너희는 왜 안 하는데?' 이렇게 생각할수록 주변 친구들의 고통을 이해하지 못합니다. 나는 계속 행복할지 몰라도 내 옆의 상처 받은 친구는 나 때문에 더 아파합니다. 옆 사람이 아픈데 혼자 신나면 과연 건강한 사람이라고 할 수 있을까요?

자만이라는 함정에 빠진 채 함부로 남을 판단하는 것만 아니라면, 지금까지 지내 온 대로 앞으로도 지낼 수 있도록 응원해 주고 싶습니다.

"힘든 하루하루지만 나름대로 열심히 살아가며 이겨 내고

있어요."

많은 이들이 여기에 속한다고 생각해요. 십대들의 인생은 녹록하지 않으니까요. 어쩌면 십대이기 때문에 인생이 더 어렵게 느껴지는 건지도 모르겠습니다. 더 어린 나이에는 걱정하지 않아도 되었던 것들까지 걱정해야 하니까요.

유치원에 다니는 꼬마가 "과학자가 되고 싶어요!" 하면 다들 기특하고 귀엽다고 말하잖아요. 그런데 십대 청소년이 "과학자가 되고 싶어요!" 하면 어떨까요? "그럼 뭘 어떻게 해서 먹고 살 건데?", "진지하게 생각하고 결정한 거야? 앞으로 어떻게 준비해야 할지는 생각해 봤어?"라는 질문이 되돌아오죠.

고민이 고민을 낳는 십대들에게, 넘어져도 다시 일어나는 오뚝이라는 이름을 붙여 주고 싶습니다. 진부하게 들릴지 모르지만 그래도 이 이름이 어울리네요. 분투하는 오늘은 아프고 고민스러운 일들로 좌충우돌하지만, 곧 오뚝이처럼 일어나 하루하루를 힘차게 살고 즐거운 마음으로 미래를 준비할 수 있기를 바랍니다. 다행이라면, 힘들어 보지 않았던 사람은 결코 알지 못할 삶의 깊이를 여러분은 지금 경험해서 알아 가고 있다는 점이지요.

스마트폰 없으면 못 살 것 같아요

스마트폰 때문에 안절부절못할 때

중학교 2학년 성수의 고민

선생님, 제게 스마트폰은 정말 특별해요. 중학교 입학하면서 할아버지한테 받은 선물이거든요. 엄마 아빠는 싫어했지만, 할아버지 선물이라 어쩌질 못했어요. 게임은 안 하겠다고 약속했고, 정말 그 약속 지킬 생각이었어요.

스마트폰이라고 뭐 별 거 있을까, 그렇게 생각했어요. 그런데 그게 아니더라고요. 정말 신기하고 재미있는 게 너무나 많아요. 제가 내성적이라 친구 사귀는 게 서투르거든요. 그런데 스마트폰이 있으니 누구랑 사귀려고 애쓰지 않아도 저절로 되더라고요.

"이야, 최신 폰이네? 좋겠다." 하면서 처음으로 말 거는 애들도 있고요. 써 보자는 애들도 있어요. 게임만 하게 해 주면 금방 친구가 되죠.

그런데 조금씩 걱정되기 시작했어요. 집에서 공부할 때도 스마트폰을 바로 옆에 둬요. 없으면 불안하거든요. 책 보다가도, 텔레비전 보다가도 자주 스마트폰을 점검해요. 내 페이지 관리하고, 메시지에 답신하고, 이것저것 찾아보고, 심심하면 게임도 하고……. 그러다 보니 솔직히 공부가 잘 안 되네요. 자꾸 흐름이 끊기기도 하고요.

그나저나 시험 일주일 전부터 스마트폰을 압수하는 집도 있다던데, 저도 이러다가 그 꼴 당할까 걱정이에요. 스마트폰이 있어도 제 삶이 통제되면 좋겠는데 영 안 돼요. 제가 원래 의지박약한 사람은 아닌데 왜 이럴까요? 혹시 좋은 방법 없을까요?

"스마트폰 없는 아이들 없잖아요"

선생님이 스마트폰을 압수하자 한 학생이 실신했다는 이야기를 들었습니다. 스마트폰을 빼앗기지 않으려고 반항하다가 선생님을 폭행했다는 학생도 있고요. 믿거나 말거나 같지만 어쩌면 바로 우리의 이야기일 수 있습니다. 여러분은 어떠세요? 책상 위에 스마트폰이 위용을 자랑하고 있나요? 아니면 구형 폴더 폰이 가방 깊숙한 곳에 들어 있나요?

스마트폰을 갖고 있는 사람이라면 불의의 사고로 소중한 스마트폰과 이별하는 사태를 떠올려 보세요. 잃어버리거나 누군가에게 빼앗긴다면? 선생님이나 엄마 아빠한테 압수당한다면? 그런 상상을 하는 동안 정신이 혼미해지고 숨이 턱턱 막힌다면 성수의 이야기가 남 일 같지 않을 거예요.

스마트폰은 세상을 바꿔 놓았습니다. 스마트폰으로 할 수 있는 일은 무척 많아요. 심지어 폰으로 공부도 할 수 있잖아요. 한번 스마트폰을 쓰기 시작하면 그 편리함과 재미 때문에 스마트하지 않은 옛 휴대전화로 돌아가기가 불가능할 정도죠. 갈수록 발전하는 신기술이 삶을 편리하게 만들고 사람들에게 큰 도움을 준 건 사실이에요. 친구 사귀기를 어려워하던 성수가 스마트폰의 힘을 빌려 금방 친구 사귀는 것을 보세요.

그렇지만 스마트폰은 양날의 칼과 같다는 점, 잊지 말아야 합니다. 한쪽 면만 날을 세운 칼은 물건이 잘라지지 않을 때 위에서 손바닥으로 내리누를 수 있어요. 그러나 양쪽 면에 날이 다 세워져 있는 칼을 그렇게 누른다면? 순식간에 큰일이 나죠. 스마트폰의 기능이 훌륭한 만큼 위험성도 크다는 이야기입니다. 가장 문제되는 건 중독성이에요. 얼마나 중독된 상태인지 알아보려면 제한을 정하면 됩니다. 스마트폰 사용 제한에 어떻게 반응하는지에 따라 지금 여러분이 어떤 상태인지 알 수 있어요.

분노 : "폰을 쓰고 안 쓰고는 제가 알아서 해요! 이래라 저래라 하지 말란 말이에요!"

아직 어떤 제한인지에 대해 자세히 언급하지도 않았는데 미리부터 발끈하는군요. 자기 스스로도 스마트폰 사용에 문제가 있다는 생각, 들지 않나요?

회피 : "제한하는 건 좋은데, 지금 보고 있던 것만 마저 보고요."

뭉그적대는 동안 조금이라도 더 사용하려고 애쓰는 건 아닌지. 이것 역시 상당히 몰입한 상태인 것 같아요.

따지기 : "제한하는 것까지는 좋아요. 하지만 자유를 침해하는 근거는 뭔가요? 지난 시험에서 점수를 그만큼 냈으면 스마트폰을 얼마나 쓰더라도 그건 제 자유 아닌가요?"

스스로 완벽한 논리로 무장했다고 뿌듯한가요? 그러나 완전 무장이 필요할 만큼 스마트폰 사용 여부를 의식하고 있다는 건 어떻게 생각하나요?

수용 : "언젠가는 이럴 줄 알았어요. 할 수 없죠."

급하게 포기하는 모습이 안쓰럽기는 하지만, 스스로 문제의식을 갖고 이렇게 반응한다면 그나마 다행입니다.

흥정 : "폰 사용을 줄이긴 할 텐데, 대신에 다른 선물은 꼭 사 주셔야 해요."

얻을 것은 얻겠다는 수완이 대단한걸요. 그런데 스마트폰 사용을 제한하는 것은 다른 사람이 아닌 나 자신을 위한 선택이라는 걸 잊지는 않고 있겠죠? 스마트폰 제한을 받아들이는 것이 다른 사람에게 대단한 선심을 쓰는 건 아니랍니다.

편리할수록 더 조심해서 다루어야

스마트폰이 왜 중독성이 높은지 알고 있나요? 가까이 있어서죠. 접근하기 쉬운 대상일수록 중독이 더 쉽기 때문이랍니다. 안정제 중독이나 마약 중독보다 알코올 중독이 많은 걸 보세요. 안정제는 구하려면 병원에 가서 처방을 받아야 하죠. 마약은 구하기도 어렵고요. 그런데 술은 일정 나이만 되면 가게에서 살 수 있어요. 접근성이 높은 만큼 중독성도 높은 거죠. 술이나 담배 같은 중독성 물질에는 나이 제한이라도 있지만, 스마트폰에는 그런 제한조차 없어요. 그래서 더욱 주의해야 합니다.

SNS 역시 스마트폰이 갖고 있는 치명적인 위험인 동시에 엄청난 매력입니다. 꼭 스마트폰만의 문제라고는 할 수 없죠. SNS로 표현되는 현대적 기술을 이용한 사교 연결망들이 공통

된 문제점을 보이거든요. SNS 덕분에 우리는 더 많이 소통합니다. 그렇지만 그 와중에 정작 중요한 알맹이가 빠지는 것은 아닌지 생각해 보세요. 사람들과 일상을 나누기는 더 쉬워졌지만, 깊이 있는 생각과 교제를 나누기는 어려워진 게 아닐까요? 친구들을 만나는 모습도 달라졌거든요. 몸은 같이 앉아 있지만 각자 자기 스마트폰으로 또 다른 사람들과 만나고 있잖아요.

성수가 스마트폰을 이용해 친구를 더 쉽게 사귄 건 다행이에요. 그러나 그 친구들과 오래도록 이어지는 우정을 키우려면 더 많은 노력이 필요합니다. 스마트폰 게임만이 아니라 함께하는 운동도 필요하고요. 전화를 빌려주면서 잠깐 이야기하는 것이 아니라 깊이 공감하며 이야기 나누는 시간들도 있다니 다행입니다.

지금 경험한 문제의식과 위기의식을 행동이 달라지는 계기로 삼으면 좋겠습니다. 부모님이 이래라 저래라 하는 게 싫다면 스스로 제한을 걸어 보는 것은 어떨까요. '한 시간 동안은 스마트폰을 확인하지 말자'처럼 시간적인 제한을 둘 수도 있고요. 공부하는 동안 무음으로 만들고 가방 안에 넣어두는 등 물리적인 제한을 둘 수도 있어요. 급하게 연락을 받지 못해 문제가 될 일? 사실 매우 드뭅니다. 걱정부터 앞세우지 말고 한두 시간씩이라도 스마트폰과 떨어지는 훈련을 해보세요.

만일 이런 제한을 만들고도 도무지 실천하기 힘들다면, 그때는 자신의 한계를 솔직하게 인정해야죠. 도와 달라고 가족에게 부탁해 볼 수도 있습니다. 자신의 약함을 인정하는 것은 자존심 상하고 괴로운 법이지만 그만큼 성숙해졌다는 뜻이기도 하거든요.

금단 현상이
나타났어요
담배와 술의 유혹을 이기기 힘들다면

도저히 담배를 끊기 힘들다는 규호

선생님, 혼내지 마세요. 저, 니코틴 중독인가 봐요. 사실은
술도 마셔요.

술은 한 달에 두세 번 마셔요. 담배는 매일 피우죠. 많이 피
우는데, 하루에 한 갑 정도. 학교에서도 몰래 피워요. 걸리면
엄청 고생해야 하니까 많이 참다가 화장실에서 대충 몇 모금
빠는 정도죠. 그런데 집에 오면 그때부터는 통제가 안 돼요.

아빠는 직장이 지방이라 주말에만 올라오세요. 엄마는 전
업 주부이기는 한데 운동하랴 모임 하랴 집에 거의 없어요.
누나는 대학생이고 허구한 날 늦어요. 12시 전에 오면 엄마가
감동할 정도거든요.

학교 갔다 집에 오면 아무도 없어요. 그러면 목욕탕에 샤워기 틀어 놓고 담배를 피워요. 완전 미친 듯이 연속으로요. 그리고 대충 씻고 스프레이 뿌리고 나오면 엄마가 몰라요. 가끔은 이게 무슨 냄새냐 하시는데, 모르겠다고 하거나 대꾸하지 않으면 그만이에요. 누나도 몰라요. 자기도 담배를 피우는 건지, 아니면 담배 피우는 친구들과 어울려 늦게까지 놀다 보니 둔해졌는지는 모르겠어요.

담배를 끊고 싶은 생각이 없는 것은 아니지만, 도저히 끊지 못하겠어요. 차라리 엄마나 누나한테 걸려서 왕창 혼나고 정신차렸으면 좋겠다는 생각도 가끔은 들어요. 담배를 너무 피워서 그런지 머리가 점점 나빠지는 것 같아요. 기억력도 집중력도 떨어지는 걸 느끼거든요. 어른들은 담배 피워도 괜찮은가요?

"어떤 느낌인지 궁금해서 시작했어요"

조용해 보이는 고등학교 1학년 규호는 심각한 얼굴로 자신의 고민을 털어놓았습니다.

담배와 술을 초등학교 시절에 처음 경험하는 사람이 많아졌다고 해요. "담배와 술, 이미 경험했지만 별 거 아니던데요. 얼마나 자주, 얼마나 많이 하느냐가 문제 아닐까요?" 이렇게 말하는 친구들도 있겠지요. 부모님들이라면 이런 사실이 속상하고 당황스러울지도 모르겠어요. 그렇지만 어쩔 줄 몰라 하기만 하면 현실에 대처하기 어렵죠.

최근의 통계 수치부터 살펴보죠. 2012년 청소년 건강 행태 온라인 조사 통계에 의하면 최근 30일 동안 하루 이상 흡연한 적이 있는 남학생은 16.3퍼센트, 여학생은 5.9퍼센트였다고 합니다. 생각보다 적다 싶은가요? 조사 범위를 흡연을 경험한 비율, 즉 한 번이라도 담배를 피워 본 비율로 넓히면 남자 중학생은 26.7퍼센트, 여자 중학생은 14.6퍼센트에 달한다고 합니다. 그래도 다행인 점은 최근 8년간 여학생의 흡연율이 조금씩 줄고 있다는 거래요. 남학생은 비슷하지만 말이죠.

아직 담배를 시작하지 않았다면 부디 호기심에 시작하는 일이 없기를 바랍니다. 왜냐고요? 흡연은 그저 "담배 피우면 나빠! 머리에 피도 마르지 않은 녀석이 어디서 담배를 피워!"의 문제에 그치지 않기 때문입니다.

어른들은 담배를 피워도 괜찮은가 궁금해 했는데요, 담배는 남녀노소 막론하고 건강에 좋지 않습니다. 한 해 동안 사망하는 사람의 25퍼센트가 흡연 관련 질환 때문이라는 사실, 알고 있나요? 담배 피우는 사람들의 3분의 1은 흡연 관련 질환으로 사망한다는 통계도 있어요. 나이가 어릴수록 더 치명적이라는 것이지 나이가 들면 덜 치명적이라는 뜻은 아닙니다.

흡연이 꼭 죽고 사는 건강 문제하고만 연관될까요? 담배를 자주 피우는 청소년들은 알코올 등의 다른 물질을 남용하기도 쉽고요, 폭력이나 성적인 탈선과 같은 문제에도 쉽게 노출된다고 해요.

"한 번만 피워 보고 말 거예요. 어떤 느낌인지 너무 궁금해서 그래요."

이렇게 말하는 친구들에게는 담배를 네 대만 피워도 중독된다는 보고를 들려주고 싶습니다. 충격 받았나요? 사실이에요. 그만큼 담배는 중독성이 아주 높은 물질입니다.

흡연할 때 생길 수 있는 사소하지만 좀더 와 닿는 부작용도 소개할게요. 담배를 피우면 에너지가 떨어져 쉽게 피곤해집니다. 아무리 이를 닦아도 입 냄새가 심하고, 치아는 누렇게 되지요. 돈도 많이 들어요. 매일 한 갑씩 담배를 피우면 1년에 쓰는 돈이 얼마인지 계산해 보세요. 몸을 상하게 하는 데에 그 많은 돈을 쓴다면 너무 아까운 일 아닐까요.

담배의 유혹을 이기기 힘들다면

규호처럼 이미 중독의 세계 속으로 깊숙이 들어가 있는 사람은 어떻게 해야 할까요? 먼저, 늦었다고 생각할 때가 가장 빠른 때라고 말하고 싶습니다. 지금 중단하면 되는데, 꼭 지금이어야 해요. 왜냐하면 중독의 세계는 하루라도 빨리 빠져 나오지 않으면 문제가 갈수록 커지고, 그만큼 헤어 나오기도 어렵기 때문이에요.

혹시 담배를 피우는 사람이 멋있어 보이나요? 실제로 어떤 사람들이 담배를 많이 피우는지 알려줄게요. 우울증이나 불안증이 있는 사람들이 담배를 쉽게 찾는다고 합니다. 담배 광고에 나오는 멋있고 쿨한 사람들과는 거리가 멀지요. 아기가 인공 젖꼭지를 물면 칭얼거리는 것을 멈추듯, 이런 사람들은 스스로를 달래려고 담배를 피운답니다. 주의력 결핍 과잉 행동 장애를 가진 사람도 흡연을 쉽게 배우고, 자존감이 낮은 경우에도 흡연 비율이 늘어납니다.

외부적인 이유들도 생각해 봅시다. 담배를 피우기 쉬운 상황들이 있는데요. 가정에 갈등이 있거나, 부모가 술이나 담배에 젖어 살거나, 부모가 자녀에게 관심이 없거나, 함께 어울리는 친구들이 담배를 많이 피우거나, 경제적으로든 사회적으로든 스트레스가 많은 환경에 있을 때 담배를 더 많이 피운다고 합니다.

물론 이런 환경은 내 힘으로는 어쩔 수 없는 상황들이기는 해요. 그러나 환경 때문에만 담배를 피운다고 말할 수는 없죠. 흡연이라는 선택은 결국 자기 자신이 하는 것이거든요. 아무리 환경 때문에 담배나 술에 손을 댔다 해도 가장 큰 피해를 입는 것은 바로 나 자신이랍니다.

끊고는 싶은데 도저히 혼자 힘으로 끊기 어렵다면 도움의 손길을 청하는 것도 주저하지 마세요. 보건소 등에서 운영하는 금연 클리닉도 있습니다. 어른들과 섞여서 강의를 듣지 않아도 되도록 청소년을 대상으로 하는 금연 클리닉도 많거든요.

적군을 물리칠 수만 있다면 어떤 방법이든 써 봐야 하듯, 담배라는 공공의 적을 물리치기 위해서는 필요한 조치를 다 취해야 해요. 금연 보조제든, 약물 치료든, 상담이든 모든 것을 동원할 용기를 냈으면 좋겠습니다. 멋있어 보여 흡연을 시작했다가는 10년만 지나도 올해 최대 목표로 금연을 꼽게 될 수 있다는 점을 생각하세요. 그래도 그런 뒤 정말 담배를 피워야 할지 자신에게 물어보았으면 좋겠습니다.

저, 낭비벽이
심한 건가요

소비 충동을 억제하지 못한다면

"용돈을 관리하기가 힘들어요"

여기서 돈 이야기를 해도 되나요? 돈 문제 때문에 고민이거든요. 용돈을 일주일에 3만 원 받아요. 그런데 수요일이나 목요일 정도만 되면 늘 용돈이 떨어져 친구들에게 돈을 꾸게 돼요.

주로 예쁜 학용품 살 때나 간식을 사 먹을 때 돈을 써요. 볼펜이나 노트, 다이어리 등에 욕심이 많아서 디자인이 예쁘면 집에 비슷한 게 있어도 사야 돼요. 샀다고 꼭 쓰는 건 아니에요. 나중에 쓰려고 쌓아 두기도 하고, 친구들에게 선물도 해요.

그리고 제가 식탐이 많거든요. 자주 간식을 사 먹는 편인데 친구들이랑 분식점에 가서도 제가 돈 낼 때가 많아요. 싫다는 친구를 억지로 데려갔으니까 계산이라도 제가 하려고요.

어떨 때는 돈이 없어서 같이 간 친구한테 빌려서 떡볶이 값을 내기도 해요. 그러면요, 그 애들은 그 돈을 꼭 받아 내는 거 있죠. "됐어. 내가 사준 걸로 하지 뭐."라는 말은 절대 안 해요.

솔직히 그런 애들 보면 화날 때도 있어요. 그런데 학용품과 간식 앞에 서면 자존심이 바로 무너져요. 또 사고 또 먹고 또 돈 내는 식이죠. 이제는 이 친구 저 친구한테 진 빚이 꽤 돼요. 한 달 치 용돈을 고스란히 주어도 모자랄 판이에요.

빚진 돈을 생각하면 간식을 먹다가도 목에 걸리는 것 같고, 잠을 자려고 누워도 가슴이 답답해요. 친구들도 얄밉고요. 어떻게 하죠? "너도 먹었잖아? 그러면서 왜 자꾸 돈 달래?" 하고 슬쩍 떼먹으면 안 될까요?

소비 충동을 참기 힘들다면

돈 싫어하는 사람 있으면 손들어 보세요. 거의 없을 겁니다. 몇 년 전 우리나라와 일본, 미국에서 청소년들의 인생 목표를 조사한 적이 있었는데요. 우리나라 청소년들이 바라는 인생의 목표는 무엇이었을까요? 돈을 많이 벌어 부자가 되는 것이었다고 합니다.

돈을 바라보는 시각은 사람마다 차이가 크죠. 돈이 많으면 복이 많고, 돈이 없으면 팔자가 사납다고 생각하는 사람도 있고요. 반대로 돈 많은 사람은 악하고 탐욕적이고, 돈 없는 사람은 선하고 순진하다고 생각하는 사람도 있어요.

돈에는 필요한 물건을 살 수 있게 해 주는 것 이상의 가치가 있음을 알아야만 돈을 제대로 인식할 수 있습니다. 아직 청소년인 여러분에게는 돈을 벌고 쓰고 모은다는 것이 먼 이야기처럼 여겨지기 쉬워요. 그렇지만 돈은 일상과 따로 떼어내어 생각하기 어려울 만큼 깊이 스며들어 있는 존재입니다.

돈을 다루는 능력과 기술은 어른이 되고 나서 일정 기간 배워 습득하는 게 아니고요, 어려서부터 쌓아 온 습관이 할머니 할아버지가 될 때까지 이어집니다. 어릴 적에 배운 젓가락질을 어른이 되어서도 계속 하는 것과 마찬가지로 말이죠.

여러분도 민희처럼 돈 문제로 고민하고 있는지, 아니면 나름대로의 돈 관리법을 몸에 익히고 있는지 궁금하네요.

나는 민희와 같지 않을까

"돈은 있는 대로 써요. 없어도 빌려서 쓰고요."

이렇게 대답한 친구들 가운데 한 번이라도 금전 출납부를 적어 본 사람은 그나마 다행이에요. 계획을 세우면 당연히 결과는 좋아지기 마련이거든요. 그런데 만일 그런 시도를 한 번도 해보지 않았다면 스스로 통제할 힘이 없는 건 아닌지, 귀

찾아서 자꾸만 뒤로 미루는 건 아닌지 걱정입니다.

지금 처해 있는 상황은 문제가 있습니다. 더는 미룰 때가 아닌 것 같거든요. 사태의 심각함을 늦게 알면 알수록 후회도 많고 고통도 큰 법이죠. 계획성 있게 소비하고 절제하는 습관을 들이기 위해 구체적으로 노력해야 할 시점이에요.

이참에 돈에 대한 개념도 세우고 돈을 쓰는 습관도 제대로 가져 보면 어떨까요. 돈을 사용하는 것은 본능이 아니고 배우고 익혀야 하는 기술에 가깝습니다. 배운다고 해서 시험 공부하듯 문제 풀고 달달 외워야 한다는 말은 아니에요. 돈의 가치와 의미를 알아야 한다는 것이지요.

돈은 대개 노동이나 노력의 대가로 얻어집니다. 우리 삶에 필요한 것을 갖출 수 있는 수단이고요. 남을 돕거나 불확실한 미래의 상황을 대비하는 기능도 있어요. 아직은 내가 일해서 번 돈보다는 부모님이 주신 용돈을 접하기 쉽겠지요. 그렇지만 내가 받은 용돈 안에는 부모님의 땀과 눈물이 담겨 있어요. 꼭 필요한 것이 아니면 한 번 더 생각하고 자제해야 하는 것도 이 때문이죠.

"할까 말까 망설일 때는 하고, 살까 말까 망설일 때는 사지 말라."는 말이 있어요. 소비가 경제활동에 중요한 기능을 하지만, 분에 넘치는 과소비는 개인이나 사회의 경제를 좀먹을 수 있어요. 아직 돈 쓰는 방법을 모른다면 모른다는 사실을 먼저 인정하세요. 부모님이나 친구들에게서 구체적인 도움을 받을 수도 있고요, 경제관념을 가르치는 모임, 책으로 배울 수 있는 경제 원리도 많이 있어서 마음만 먹는다면 방법을 찾기란 어려운 일이 아니랍니다.

"안 쓸 때는 엄청 알뜰해요. 하지만 한번 쓰기 시작하면 막지르죠."

돈을 즉흥적으로 쓰는 편인 것 같아요. 어쩌면 돈만 문제인 게 아닐지도 모른다는 생각이 드는데요. 겉으로 드러난 문제는 무분별하게 돈을 쓰는 것이지만, 삶의 다른 부분에서도 즉흥적인 행동으로 인한 문제가 나타날 수 있거든요.

지금 내가 청소년이라고 해서 평생 청소년으로 살지는 않을 거잖아요. 나이를 먹을수록 만나는 사람도 많아지고 접하는 세상도 커질 텐데, 지금처럼 '그때그때 편하게, 되는 대로 하지 뭐. 인생 뭐 있어?' 하고 생각하면 나중에 어려움을 겪을 수 있습니다. 계획성 없는 삶을 살면 몸과 마음의 건강도 나빠지고, 사회생활이나 사람들과의 관계에서도 위험하거나 난처해질 수 있거든요.

더 늦기 전에 용돈을 관리하는 습관부터 야무지게 추스르라고 당부하고 싶습니다.

"저 자신보다는 남의 주목을 얻거나 호감을 사려고 돈을 쓰게 돼요."

주변의 관심이나 호감이 필요하군요. 돈으로 살 수 없는 것이 있다는 사실은 어떻게 생각하나요?

남의 관심이나 호감을 얻으려고 돈을 쓰게 되면, 돈의 영역에서도 대인 관계의 영역에서도 혼란이 생길 수 있어요. 이런 부류라면 '우정은 돈으로 살 수 없다.'라는 말의 의미를 천천히 곱씹어 보길 바랍니다.

돈은 관심을 끄는 아주 빠른 방법일지 모르지만 딱 거기까지일 뿐입니다. 내 옆에 있는 사람들이 내가 원하는 것, 내가 생각하는 것을 나보다 더 빨리 파악할 수도 있어요. 내가 돈 쓰는 것이 관심을 사기 위해서라는 걸 안다면 친구들의 마음은 어떨까요? 불편해 하거나, 불쾌해 하거나, 불성실해질 거예요. 입장을 바꿔 생각해 보세요. 내 관심을 사려고 돈 쓰는 사람이 어떻게 보이나요?

자신의 모습에 솔직해지되, 외로움을 피하지 말고 똑바로 들여다보세요. 내 마음 깊은 곳을 돈으로 살 수 없는 귀한 가치들로 채워 보세요. 진정한 관심, 배려, 절제, 신뢰, 도움, 사랑 같은 것들로 말이죠.

"남이 가진 건 다 부럽고, 내가 여유 있을 때는 다 사주고 싶어요."

내 것과 네 것의 구분이 어려운 부류인가 봅니다. 남이 가진 좋은 물건은 다 갖고 싶고, 자신의 돈도 남에게 스스럼없이 써 버리는군요. 한편으로는 멋쟁이처럼 보일 수도 있겠어요. 그런데 남들은 내 마음 같지 않겠죠? 내 돈 네 돈 딱 잘라 구별하면서 철저하다는 것을 경험하는 동안 상처 받은 적이 있을 거예요.

아무리 멋진 설명을 갖다 붙인다고 하더라도 결국은 무언가를 사고파는 수단인 돈. 이 돈을 내가 통제하지 못하면 오히려 돈이 나를 지배합니다. 무생물인 돈이 어떻게 나를 지배하느냐고요? 돈을 꾸어 쓰고 빚 걱정을 하는 것이 바로 돈의 지배를 받는 거죠.

내가 해도 되는 것, 가져도 되는 것은 무엇이고, 아쉽지만 일찌감치 포기해야 하는 것은 무엇인지 정리해 볼 필요가 있어요. 분수에 넘친다면 아무리 매력적인 것이라도 과감하게 잘라 낼 수 있어야 해요. 돈을 지혜롭게 다스리면서 일상의 다른 부분들까지 계획과 절제로 관리하기를 바랍니다.

이렇게 괴로운데 견뎌야 하나요

그런 건 시간이 지나면 잊힌다고 하지만
내게는 가장 버겁고 간절한 문제라고요

겨우 열일곱 살인데 앞으로 어떻게 살아야 할지 모르겠어요. 대학도 가고, 직장에도 들어가고, 결혼도 하고, 아기도 낳아야 하는데……. 하고 싶은 것도 없고, 할 수 있는 것도 없네요.

'힘 쓰는' 애들 때문에
학교 가기가 무서워요

학교 폭력으로 괴로울 때

승욱이가 학교 가기 싫은 이유

선생님, 학교 폭력 문제도 상담할 수 있어요? 딱 한 번이기
는 한데, 너무 무서웠어요.

제가 어려서부터 태권도를 배웠거든요. 그래서인지 마음속
에 항상 정의감 비슷한 게 있었어요. 저는 일진 애들이 참 못마
땅하더라고요. 친구들 돈 빼앗고, 음란물 돌리고, 공부는 하지
않고 싸움질이나 해대고……. 인간 쓰레기라고 생각했죠.

그날도 그랬어요. 친구들과 학교 운동장에서 축구를 하고
나서 세수를 하려다 그 애들 중 한 명과 눈이 마주친 거예요.
저는 경멸스럽다는 표정으로 쳐다봤죠. 그리고 그 애 옷에 물
이 튀도록 세수를 했죠. 그냥 가더라고요. 속이 시원했고, 영

웅이라도 된 것 같았어요.

그날 집에 가는데 집 앞 골목에서 그 녀석이랑 다른 애 둘까지 세 명이 저를 기다리고 있는 거예요. 제가 태권도 유단자라 세 명 정도는 자신 있었고, 집 앞이기도 해서 기죽지 않고 녀석들을 노려봤어요. 녀석들은 씩씩거리기만 하더라고요. 이긴 것 같아서 기분이 좋았어요.

그런데 그게 끝이 아니었어요. 다음날 학원 수업을 끝내고 늦게 집으로 가는데, 녀석들이 하나 둘씩 붙는 거예요. 한 열 명 정도 모였던 것 같아요. 그리고…… 정신없이 맞았죠.

집에 겨우 왔는데 부모님은 주무시고 계셨어요. 게임을 하느라 안 자고 있던 형한테 당한 얘기를 했죠. 형은 태권도를 저보다 훨씬 더 잘하니까, 형과 함께 녀석들과 한판 뜰까도 생각했어요. 하지만 우리가 아무리 잘 싸운다고 해도 두 명으로는 상대가 안 되잖아요. 그리고 녀석들은 다른 지역 애들까지도 끌어들일 수 있으니 결과야 뻔하지 않겠어요.

결국은 참기로 했어요. 얻어터진 흔적을 보고 놀라는 엄마 아빠한테는 친구들이랑 싸웠다고만 했어요. 그 후로 녀석들이 계속 신경 쓰여요. 학교 가기도 불안해요. 화장실 가는 것도 눈치 봐서 친구들 사이에 끼어서 가요. 운동장 같은 데에서 녀석들과 마주치면 제가 먼저 눈을 깔아요.

이런 제 자신이 너무 비굴해요. 이게 무슨 꼴인지 모르겠어요. 선생님, 어떻게 하면 좋을까요?

'잘못 건드렸으니 당해도 싸다고?'

중학교 2학년인 승욱이는 많이 힘들었을 거예요. 몸과 마음이 고달픈 것 못지않게 주변에서 날아오는 이야기들 때문에 더 고통스러웠을지도 몰라요.

"사나운 아이들을 잘못 건드렸으니 당해도 싸지."

"넌 잠자는 사자의 코털을 건드린 거야."

그럴듯하게 들린다고요? 아니요, 전혀 말이 안 됩니다. 폭력은 몸과 마음 모두에 큰 상처를 남기는 사건입니다. 승욱이가 이야기한 증상이 조금만 더 오래 지속된다면 외상 후 스트레스 증후군으로 이어질 수도 있습니다. 외상 후 스트레스 증후군은 정신적인 외상 후에 생기는 병입니다. 이것은 내가 직접 폭력을 당하지 않더라도 덩달아 위협을 받거나 남이 당하는 장면을 지켜보는 것만으로도 생길 수 있습니다.

외상 후 스트레스 증후군을 앓는 사람들은 강한 두려움, 무력감, 공포를 느낍니다. 고통스러운 상황을 경험하는 중에 혹은 그 이후에 정신이 멍해지고 비현실감을 느끼기도 합니다. 폭행을 당하던 고통스러운 순간들이 반복적으로 떠오르고, 그 일을 떠올리게 만드는 사람이나 장소를 피하게 되고, 불안은 갈수록 심해집니다. 승욱이가 언급한 증상들, 내가 아무것도 할 수 없다고 느끼는 것과 항상 겁에 질려 있는 모습, 얻어맞은 사람과 장소를 피해 다니는 모습이 다 여기에 해당됩니다.

'이 상처를 어떻게 잊을 수 있겠어요?'

그러면 승욱이는 어떻게 이 상처로부터 회복할 수 있을까요? 어려운 말이지만, 승욱이에게 자신이 경험한 사건을 받아들일 것을 권하고 싶습니다. 그래야만 치유가 가능하거든요. 아마도 승욱이는 발끈하겠지요.

"받아들이라니 뭔 소리예요? 제가 안 받아들이기라도 한 건가요? 무슨 뜻으로 선생님까지 그런 말씀을 하세요? 이렇게 힘든데 계속 생각하라는 뜻인가요?"

승욱이를 더 괴롭게 만들려고 받아들이라는 말을 했을 리는 없어요. 자, 그러면 여기서 받아들인다는 말의 의미를 가만히 생각해 봅시다. 내게 일어난 사건을 받아들인다는 것은 "그런 일은 다 잊어버리자. 지나갔잖아. 괜찮아." 이렇게 말하면서 아무 일 없던 척하자는 것이 절대로 아닙니다. 말이 안 되거든요. 이렇게 큰 상처를 어떻게 쉽게 잊겠어요? 지나갔다는 것도 틀린 말이죠. 지금까지도 공포에 떨고 있거든요. 괜찮다는 말은 더 엉터리예요. 괜찮지 않다는 건 누구나 다 알고 있는 사실이니까요.

그러면 받아들인다는 것은 어떤 의미를 갖고 있을까요? 그것은 이미 일어나서 되돌릴 수 없는 그 일, 그게 나의 바람과 상관없이 내게 왔음을 인정하는 것입니다. 안타깝고 마음 아프지만 그 일에 사로잡히지 않고 그 일들이 나를 스쳐 지나가게 하는 것을 말합니다.

스쳐 지나가게 하려면 후회를 포기해야 합니다. 자동적으로 후회하는 마음이 들기 쉽겠지만요. 이랬으면 좋았을 텐데, 저랬으면 좋았을 텐데 생각해 봐도 이미 벌어진 일을 돌이킬 방법은 전혀 없습니다. 후회야말로 과거의 고통을 현재 진행형으로 반복하게 만드는 나쁜 습관입니다.

혼자만의 힘으로 힘들다면

주변 친구들이나 부모님, 선생님과 고통을 나누어 마음이 편해질 수 있도록 하는 것도 필요합니다. 상처는 아프고 흉터가 남을지도 모르지만, 여기에 머무르지 말고, 상처를 딛고 한 뼘 더 성장할 수 있는 기회로 삼을 수 있기를 바랍니다.

만일 상처 투성이인 채 쓰러져 도저히 혼자 극복하기 어렵다면 전문적인 도움을 받아도 좋습니다. 내 마음의 상처를 다독이는 것에만 전문적인 도움이 필요한 게 아닙니다. 폭력에 접근하는 것에도 전문적인 도움이 필요하지요. 학교 폭력에 강경하게 대처하는 다양한 방법이 마련되어 있습니다. 그러니 부모님과 의논하고 담임선생님께 상황을 알리는 게 좋을 듯합니다.

보복이 두려워 참겠다고요? 폭력은 한계치를 자꾸 넘어간다는 특징이 있습니다. 갈수록 심한 폭력 상황에 노출될 수도 있다는 뜻이지요. 담임선생님께 말씀드려 봤자 참으라고 한다고요? 그렇다고 넘어가면 해결되지 않습니다. 이제는 학교 폭력이 심각한 문제라는 데에 사회적인 공감대가 모아지고 있습니다. 내가 사는 사회가 실제로 달라지려면 두렵고 힘들어도 내 목소리를 내야 합니다.

폭력 사건이 드러나면 학교 폭력 대책 위원회 등 이름만 들어도 무시무시하고 골치 아픈 여러 가지 과정이 나를 기다릴 겁니다. 지루하고 힘든 과정 때문에 내가 이걸 왜 시작했나, 긁어 부스럼이라는 생각이 들지도 모릅니다. 그러나 이렇게 하지 않고서는 문제를 해결할 수 없습니다. 가해자나 피해자 모두 삶의 원래 자기 위치로 돌아오기 위해서는 이 과정이 반드시 필요합니다.

두려움에 오그라든 어깨를 펴고 작은 목소리여도 좋으니 도움을 청해 보세요. 지금처럼 웅크린 채로 지내기에는 승욱이의 삶은 무엇보다 소중하니까요. 자신감 있고 적극적으로 살던 본래 자기 모습을 회복하기를 바랍니다.

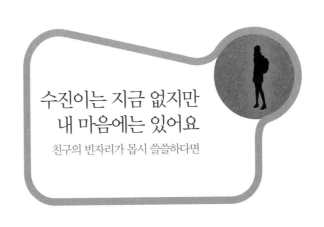

수진이는 지금 없지만
내 마음에는 있어요

친구의 빈자리가 몹시 쓸쓸하다면

은지의 일기

얼마 전 친구의 죽음을 겪은 은지는 상심이 너무나 컸습니다. 어떻게 그런 일이 친구에게 일어났는지 이해할 수도 믿을 수도 없었습니다. 은지는 말없이 일기장을 보여주었습니다.

한 달 전부터 죽음과 내세를 생각하고 있다. 내 나이에 죽음을 생각한다니 이상하다. 하지만 어쩔 수가 없다. 자꾸만 그 생각만 떠오르니 말이다.

수진이가 죽었다니 정말 믿을 수가 없다. 처음에 교통사고가 났다는 말을 들었을 때만 해도 며칠 입원했다가 나오겠거니 생각했다. 심한 사고라고 들었을 때조차 죽음은 상상도 하지 않았다. 그런데 수진이가 죽었다니……. 수진이가 앉아 있던 책상에 국화를 놓으며 울고 또 울었다. 아직도 그 책상은 비어 있다. 나는 그 책상만 봐도 눈물이 난다. 어떻게 이런 일이 있을 수 있을까? 수진이는 나랑 정말 친했는데…….

얼마 전부터 밤이면 수진이 생각이 난다. 그런데 그게 그리움이라기보다는 두려움에 가깝다. 늦은 밤에 공부하다 화장실에 갈 때, 학원 마치고 어두운 골목을 걸어 집에 돌아올 때 옆에 누군가 있는 듯한 기분……. 한기가 들고 오싹 소름이 끼친다. 수진이가 왔다 간 걸까? 갑자기 궁금해진다. 지금 수진이의 영혼은 어디에 있을까?

종교가 대답해 줄까 해서 텔레비전을 켜고 불교 방송을 보았다. 스님이 하시는 말씀이 인생 만사가 짧고 허무하단다. 그랬다. 정말 짧고 허무했다. 기독교 방송도 봤다. 인간의 몸은 흙에서 와서 흙으로 돌아가지만, 영혼은 내세로 간다고 했다. 죽음 뒤에 심판이 있다는 말이 무섭다. 수진이도 심판을 받았을까?

이상하게 들릴지 모르지만 수진이의 영혼이 내 곁에 있는 느낌이 들 때가 있다. 낮에는 그런대로 괜찮다. 유령이라고 해도 그토록 친했던 수진이의 유령이니까. 그런데 밤이 되면 섬뜩하다. 친구가 죽어서 슬프면서도, 그 애가 나타날까 봐 무섭기도 하고 부담스럽기도 하다. 수진이가 이 땅보다 좋은 하늘나라에 있다고 믿고 싶은데, 마음은 여전히 불안하고 두렵다.

불의의 사고로 친구를 먼저 보냈다면

친한 친구를 잃고 마음 아파하는 것은 자연스러운 현상입니다. 이제 겨우 한 달밖에 안 된 일이니, 은지의 반응에 큰 문제가 있다고 말하기는 어렵습니다. 그러나 시간이 꽤 많이 흐른 뒤에도 이런 상태가 계속 된다면 그때는 상담이 필요할 수 있습니다.

애도 과정은 사랑하는 사람의 죽음에 대한 반응을 말합니다. 사랑하는 가족이나 친구를 잃으면 애도 과정을 겪습니다. 이 시기를 통과하는 동안은 삶이 통째로 흔들리는 것처럼 느껴집니다. 그러나 이때야말로 인생의 본질적인 의미를 깊이 숙고하는 시기이기도 합니다. 죽음을 가까이에서 경험하는 순간이야말로 삶을 가장 진지하게 생각하는 때이니까요.

심리학자인 스피츠와 보울비는 애도를 세 단계로 나누었습니다. 초기 단계에서는 잃어버린 대상, 즉 죽은 사람에게 집착합니다. 떠나간 그를 찾아 헤매거나 화를 냅니다. 그 다음 단계의 특징은 절망감과 혼란입니다. 상실의 고통과 함께 해체되는 듯한 느낌에 사로잡힙니다. 이 시기를 지나는 사람은 죽는 게 나을지도 모른다고 괴로워하면서, 혼자 있는 것을 견디기 힘들어합니다. 인생은 의미 없고 정처 없는 것으로 보입니다. 은지의 일기를 보면서, 은지가 이 단계에 머물러 있는 게 아닐까 하는 생각이 들었습니다. 마지막 단계는 정상적인 기능과 행동을 회복하는 재편성의 단계입니다. 이 시기라고 아프지 않은 것은 아닙니다. 그러나 옛날의 기억이나 상실의 아픔이 반복되며 점차 예전 상태를 회복합니다.

사랑하는 사람을 떠나보낸 뒤 다시는 웃을 일이 없을 것 같은가요? 애도를 겪으면서 아파하는 사람이 있다면 기억하세요. 사소한 삶의 기쁨에 웃는 순간은 또 찾아온다는 것을요. 그 사람 없이 웃고 행복하게 지내는 게 미안한가요? 그렇다면 만일의 경우를 생각해 보세요. 내가 먼저 하늘나라에 가서 이 땅에 남은 친구를 바라본다면 어떨까요? 친구를 사랑하는 마음 때문에 그 친구가 잘 지내기를 바라지 않겠어요?

수진이가 은지에게 좋은 친구였다면, 은지가 끊임없이 고통스러워하기를 바라지는 않을 거예요. 수진이는 은지가 이 땅에서의 행복을 되찾아 가기를 바랄 것입니다. 행복이라고 해도 엄청나게 큰 일이 벌어져야 하는 건 아니에요. 작고 사소한 일들이 행복하게 다가오면 충분하지요. 가족과 여행도 가고, 친구와 영화도 보고, 때로는 수진이를 그리워하는 이야기도 나누며, 기억하고 잊어 가는 일들을 건강하고 슬기롭게 해내길 응원합니다.

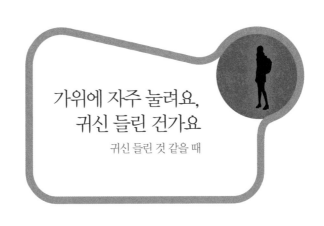

가위에 자주 눌려요,
귀신 들린 건가요
귀신 들린 것 같을 때

은희는 귀신 들린 걸까 봐 두렵다

정말 불안하고 무서워요. 아무래도 귀신이 붙은 것 같거든
요. 자꾸 불안하고 떨리고, 막 죽고만 싶어요. 한 석 달 전쯤
인가, 엄마가 아침 식탁에서 그러는 거예요. 간밤 꿈에 내가
귀신한테 붙들리는 장면을 봤대요. 그때는 별 생각 없이 흘려
들었죠. 그런데 그날 밤 자려고 누우니까 갑자기 긴장되고 몸
이 떨리더라고요. 그래서 엄마 아빠 방에 가서 잤어요. 그랬
더니 괜찮았어요.

그런데 그 다음날 밤, 내 방에서 자려고 누우니까 또 그러
는 거예요. 다시 안방에 가니까 엄마가 짜증을 내더라고요.
"열다섯 살이나 됐는데 잠도 혼자 못 자냐?"라고 말이죠. 할 수 없이 제 방으로 돌아왔어요. 어떻게든 버티려고 했는데 너무 무섭더라고요. 불을 켜고 누워서 밤을 새웠죠.

시간이 가면 좋아져야 할 텐데, 이상하게 날이 갈수록 더해가요. 무서운 생각을 하지 않으려고 노력해도 밤낮으로 귀신 생각이 나요. 잠시 잊는 순간도 있지만 금방 다시 떠오르고 집요하게 반복돼요. 잠을 못 자서 눈이 퀭해지니까 엄마가 왜 그러느냐 묻는데 말을 못 하겠어요. 말하려면 더 이상한 생각이 나고 섬뜩하더라고요. 침을 꿀꺽 삼키고 "나 엄마랑 같이 자면 안 돼?" 물었죠. 엄마는 "또 그 소리!" 하고 말더라고요.

진짜 무서운 건요, 얼마 전부터 그 귀신이 내게 말을 걸기 시작했다는 거예요. 무섭지만 약간은 호기심이 생겼어요. 귀신은 여러 가지 이야기를 했어요. 불안하고 겁나는 말, 세상의 끔찍한 종말 이야기, 심지어는 내가 어떻게 죽을지도 말해주었어요. 내가 높은 데에서 떨어져 죽는대요. 그 뒤로는 자꾸 내가 죽는 모습이 떠올라요. 죽고 싶어요. 이러다 진짜 미치는 건 아닌지 무서워요. 제발 도와주세요. 이거 정신병인가요? 아니면 귀신 들린 건가요?

귀신을 생각할 때 빠지기 쉬운 것

《나니아 연대기》의 작가 C. S.루이스는 악마가 인간을 유혹

하는 방법에 관해 쓴 책《스크루테이프의 편지》에서 이렇게 말했습니다.

"악마를 생각할 때 우리 인류가 빠지기 쉬운 두 가지 오류가 있다. 그 내용은 서로 정반대이지만 심각하기는 마찬가지인 오류들이다. 하나는 악마의 존재를 믿지 않는 것이다. 또 다른 하나는 악마를 믿되 불건전한 관심을 지나치게 많이 쏟는 것이다. 악마들은 이 두 가지 오류를 똑같이 기뻐하며, 유물론자와 마술사를 가리지 않고 열렬히 환영한다."

은희처럼 될까 봐 두려운 사람들이 있을 거예요. 귀신이 들린다, 신이 내린다는 이야기를 몇 번은 들어보았을 거고요. 악마나 마녀에 대한 두려움이 훨씬 컸던 시대에 살았던 종교개혁자 마르틴 루터는 "악마를 퇴치하려면 비웃고 업신여기는 것이 상책이다. 악마는 경멸을 참지 못하기 때문이다."라고 말했습니다. 비웃는 것, 좋은 생각 같죠? 그런데 은희에게는 너무나 어려운 퇴치법일 것 같습니다. 공포에 압도되어 어쩔 줄 몰라 하고 있으니까요.

귀신, 악마, 사탄에 대한 두려움은 다양한 모습으로 나타납니다. 귀신 들릴까 봐 문득 두려움을 느끼는 정도라면 가벼운 단계입니다. 이 정도의 두려움은 누구나 경험할 수 있어요. 그러나 은희처럼 귀신에 대한 두려움 때문에 잠을 자지 못하고 자살 충동까지 느낄 정도라면 정신적으로 문제가 있는 건 아닌지 점검해야 합니다.

"귀신의 공작이라면 퇴마사 같은 사람을 찾아가야지 정신과를 왜 가요?"

그런 질문도 할 수 있겠죠. 그래요. 그럼, 백번 양보해서 귀신의 장난이 있을 수 있다고 칩시다. 그렇지만 귀신에게 붙들리는 것과 정신적인 병을 앓는 것, 확률적으로 볼 때 어느 쪽이 많을까요? 당연히 정신적인 문제가 많지요! 그러니 우선은 이렇게 접근하는 게 옳습니다.

귀신에 시달리는 건 마음의 병 탓?

귀신에 시달리는 것과 비슷한 증상을 보이는 정신과적 질환은 상당히 많습니다. 대표적인 것이 우울증입니다. 가벼운 우울증에서는 기분의 변화와 신체 증상 정도만 나타납니다. 그러나 우울증이 극심해지면 병적인 죄책감과 피해 의식에 사로잡힙니다.

우울한 내용에 따라 환청이 들리거나, 나를 괴롭히는 망상으로 고생하기도 합니다. 자기가 두려워하던 것들을 경험하는 것이 우울증의 핵심 증상 중 하나인데요, 병에 걸릴까 겁먹은 사람은 자신이 병에 걸렸다고 생각합니다. 귀신에 겁먹던 사람이라면 귀신의 목소리를 듣기도 하지요.

그러나 은희의 증상은 우울증이라기보다는 강박 장애에서

나타나는 모습에 가까워 보입니다. 강박 장애에 걸리면 하고 싶지 않은 생각을 끝없이 반복합니다. 강박 장애도 심해지면 정신증과 비슷한 증상을 보입니다. 정신증은 사고 장애, 즉 생각의 병을 말하는데, 현실 판단력이 깨져 버려 환청과 망상에 시달립니다.

그러면 은희는 왜 이런 증상에 시달릴까요? 증상이 처음 나타나던 날 아침 식사 장면을 유심히 살펴보세요. 엄마가 은희에게 귀신 꿈 이야기를 했죠. 아마도 은희는 엄마의 꿈 이야기를 들으면서 암시에 걸린 것은 아닐까 생각됩니다.

마음이 약하고 자신감이 약한 사람일수록 피암시성이 높아집니다. 주관이 약한 사람은 영향력 있는 사람의 이야기에 쉽게 세뇌됩니다. 은희가 충분히 강한 사람이라면 귀신 꿈 이야기를 들으면서 코웃음을 치지 않았을까요? 그런데 마음이 약한 은희는 정말로 그렇게 될까 걱정을 거듭하는 바람에 자신의 공포에 짓눌려 악몽으로 가득 찬 밤을 보내고 말았습니다.

두려움과 공포는 본능적인 감정이라서 그러지 않으려고 해도 사로잡히기 쉽습니다. 그러므로 두려움을 비웃지 않고 진지하게 들어줄 사람을 찾아 고민을 솔직하게 나누어 보세요. 심하지 않은 경우라면 숨기지 않고 이야기를 나누는 것만으로도 충분히 이겨 낼 수 있습니다.

제가 당할 줄은
정말 몰랐어요

낯선 사람에게 성폭행을 당했다면

정미가 이메일을 보내왔습니다

벌써 1년도 더 됐네요. 방학하는 날이었어요. 간만에 친구네 집에서 마음 편하게 놀다가 집에 늦게 돌아왔어요. 여덟 시쯤이었는데, 겨울이라 해가 일찍 저물어 어두웠어요. 집에 거의 다 왔을 때였어요. 누가 뒤에서 머리채를 잡아당기면서 입을 막더라고요. 너무 무서웠어요. 고함도 한 번 못 지르고 끌려갔어요.

자세히 말하고 싶지는 않아요. 범인은 잡혔다고 들었어요. 아직도 벌 받고 있을 거예요.

그 일 후에 상담도 받았고, 정신과에 가서 약도 받아 얼마 동안 먹었어요. 그런데도 아직까지 회복이 다 안 된 것 같아요. 낮에도 혼자 못 다녀요. 집에서도 깜짝깜짝 놀라고요. 이제 다시는 예전의 나로 돌아갈 수 없을 것 같아요. 솔직히 말해서 살기도 싫어요. 어쩔 수 없이 사는 거죠.

상담 받으면서 좋은 얘기는 많이 들었어요. 내 잘못이 아니라고, 나는 여전히 순수하다고, 다 극복할 수 있다고 하시더라고요. 그런데 제 마음이 안 그런 걸 어떻게 해요. 차라리 뺑소니차에 치이는 게 나았겠다 싶기도 해요. 지금도 내 힘으로 할 수 있는 건 다 하고 있어요. 운동도 하고, 음악도 듣고, 공부도 더 열심히 하려고 하죠. 하지만 힘들어요, 여전히…….

엄마 아빠 때문에도 괴로워요. 그 일 후에 엄마 아빠는 번갈아 휴직하면서까지 저를 돌봐 주셨어요. 저는 두 분께 정말 감사하고 있었어요. 그런데 며칠 전에 자다가 두 분이 다투는 소리에 깼어요. 가서 말릴까 하다가 심각한 것 같아 가만히 듣기만 했죠. 제 이야기를 하고 있더군요.

"애를 그렇게 망쳐 놓고 뭘 잘했다고 그래!"

"그게 왜 내 탓인데? 당신이 그전까지 애에게 해 준 게 뭐 있다고?"

그 말을 듣는 순간 기운이 다 빠지더라고요. '아, 겉으로는 아니라고 하지만 부모님도 역시 나를 망가졌다고 생각하시는구나!' 싶었죠. 걱정도 되었어요. 나 때문에 두 분이 저렇게 싸우다가 이혼이라도 하는 게 아닌가 싶어서 말이죠. 생각해 보세요. 그럼 제 꼴이 뭐가 되겠어요. 성폭행 당한 여자애, 결손 가정의 딸, 잘하는 건 아무것도 없고……. 왜 불행은 제게만 닥치는지 정말 모르겠어요.

이제 겨우 열일곱 살인데, 앞으로 어떻게 살아야 할지도 모르겠어요. 언젠가는 대학도 가고, 직장에도 들어가고, 결혼도 하고, 아기도 낳아야 할 텐데……. 하고 싶은 것도 없고, 할 수 있는 것도 없어 보이네요.

"힘든 건 난데 왜 두 분이 싸워요?"

시간이 약이다, 시간이 지나면 충격이 잊힌다는 것은 성폭력에 대한 수많은 오해 중 하나입니다. 성폭력을 당하면 상당히 오랜 시간이 지나도 그로 인한 충격이 어떤 형태로든 남습니다. 후유증이 나타나는 영역도 다양합니다. 우울증처럼 정서적인 부분에서 나타나기도 하고, 공부가 안 되는 식으로 인지적인 부분에서 나타나기도 합니다.

정미는 엄마 아빠를 보면서 더 고통스러운 모양입니다. 자기도 최선을 다해 이겨내려고 애쓰는데 나를 도와주어야 할 엄마 아빠가 왜 저렇게 다투시는지 혼란스럽습니다.

정미 입장에서야 부모님이 자기 심정을 조금 더 이해해 주기를 바라겠지요.

'지금 제일 힘든 건 난데 엄마 아빠까지 왜 싸우시는 거야, 도대체?'

그렇지만 이는 정미 입장에서 하는 생각일 뿐이에요. 이 문제는 다루기 쉽고 처리하기 간단한 일이 절대로 아니랍니다. 자기 일만으로도 충분히 어렵겠지만, 정미도 부모님의 심정을 조금만 이해하려고 노력하면 좋겠어요. 그래야 내 마음이 편해질 수 있거든요.

정미의 부모님이 보이는 심리 현상은 '투사'입니다. 투사는 방어 기제의 한 종류인데요, 자기 마음속 받아들이기 어려운 것을 '이건 내 것이 아니야! 당신 거야.' 하면서 던져 버리는 방법입니다. 누구나 아무 일 없이 평탄하게 살고 싶어 하죠. 그런데 이런 소망에도 불구하고 정미와 정미의 가족에게 엄청난 고통이 들이닥쳤습니다.

정미도 부모님도, 자기가 잘못한 게 아닌데도 불구하고 엄청난 죄책감에 시달렸을 것입니다. '그날 친구네 안 가고 집으로 바로 왔더라면…….', '그 사람이 잡아당길 때 비명이라도 지르고 도망쳤더라면…….', '정미한테 전화라도 해볼걸…….', '좀더 일찍 퇴근했어야 하는 건데…….' 이런 생각들로 마음이 너무나 고통스럽고 무거울 것입니다.

힘들지만 서로가 용기를 내야 할 때

상황이 너무나도 힘들면 우리는 자신도 모르게 "너 때문이야.”라고 말합니다. 그게 사실이든 아니든 상관없습니다. 내 짐의 무게를 조금이라도 덜기 위해 덮어놓고 “너 때문이야.”라고 말하지요.

정미 아빠는 정말로 아내 때문에 정미가 망쳐졌다고 생각할까요? 정말로 정미 엄마는 남편이 정미에게 아무것도 해 주지 않았다고 생각할까요? 당연히 아니죠. 두 분 모두 정미를 사랑하기 때문에 이 사건이 너무나 고통스러운 겁니다. 아프다 보니 자신도 모르게 남 탓을 합니다. 가까운 사람, 탓하면 받아 줄 것 같은 사람을 원망합니다.

상처 입은 본인 외에도 가족이나 주변 사람이 치료를 받아야 하는 경우가 있는 건 이런 이유에서입니다. 투사하는 중이란 걸 모르고 남 탓을 하다가 이중 삼중으로 상처를 남기는 경우가 있기 때문이에요.

지금은 정미가 용기를 내야 할 때입니다. 두 분이 아파하는 모습을 보는 게 힘들다고, 그러니 함께 상담을 받아 보자고 말해 보세요. 부디 정미와 정미의 가족이 더 이상 상처받지 않기를, 그리고 지금부터라도 조금씩 치유되고 회복될 수 있기를 바랍니다.

성폭력은 성을 매개로 한 폭력입니다. 상대방의 동의 없이 육체적, 심리적, 혹은 경제적 압력을 가해 이루어지는 성행위를 말하지요. 강간뿐 아니라 성추행, 성희롱, 성기 노출 등등 성을 매개로 가해지는 모든 신체적, 언어적, 정신적 폭력을 포괄합니다. 상대방으로 하여금 성폭력에 대한 막연한 불안감이나 공포감을 조성하고, 이로 인해 행동의 제약을 유발시키는 것도 간접적인 성폭력에 해당합니다.

안타까운 점 가운데 하나는 성폭력이나 성추행이 피해자의 잘못 때문에 발생한 범죄라고 여기는 경향이 아직도 남아 있다는 것입니다. 이전에 비해 시선이 달라지고 있다고는 하지만 여전히 그런 경향이 존재합니다. 노출이 심한 옷을 입거나 밤늦게 다녀서 성폭력을 당한다고요? 절대로 사실이 아닙니다.

성폭력이나 성추행은 파렴치하고 반인륜적인 범죄 행위입니다. 책임은 어떠한 경우에도 가해자에게 있습니다. 성범죄는 가해자의 왜곡된 성의식과 폭력성이 가져온 결과일 뿐입니다. 내가 뭔가 잘못하거나 실수해서 벌어진 일이라며 자신을 탓할 이유는 조금도 없습니다.

아프지만, 삶은 여전히 아름답다

성이 매개가 된다고 해서 성폭행을 성관계로 봐서는 안 됩니다. 피해자 쪽에서는 머리로는 알지만 받아들이기는 어려울 텐데요. 성폭행은 어디까지나 성에 가해진 폭력일 뿐, 진정한 의미의 성관계가 이루어진 것은 아니라고 봐야 합니다.

이 부분이 왜 중요한지 궁금하죠? 정미가 한 이야기를 보세요. 스스로를 순수하다고 생각하려 하지만 안 된다잖아요. 그렇다면 정말 정미는 '다 끝났고', '망쳐졌을'까요? 그렇지 않습니다. 각목으로 어깨를 맞은 사람이 이제는 더 이상 자신이 순수하지 않다고 한다면 이상하게 들리겠죠? 성폭력 역시 상해를 입은 것일 뿐, 실제 성의 문제로 봐서는 안 됩니다. 그래야 좀더 빠르게 회복할 수 있습니다.

2011년 성폭력 범죄 대응 센터에서 발표한 성폭력 피해자의 연령 분포를 보면 10대와 20대 여성의 비율이 가장 높다고 합니다. 경찰청의 범죄 시계 보고서에 따르면 2013년 상반기에는 전국적으로 25분 12초에 한 건씩 강간, 강제 추행 사건이 발생했다고 합니다. 보호받는 환경 속에서 아무 일 없이 무럭무럭 자라나는 게 쉽지 않음을 새삼 깨닫게 하는 가슴 아픈 현실입니다.

여러분이 정미라면 어떨까요? 내게 그런 일이 생긴다는 건 생각조차 하기 싫겠지만 유비무환이라 생각하면서 여러분의 생각을 짚어 보세요. 내가 만일 이런 상황에 처한다면 어떻게 할까요?

"혼자서 삭일 거예요. 시간이 빨리 흘러 예전의 나로 돌아가겠죠."

혼자 견디며 망각을 기다리는 쪽이군요. 참을성이 강한 성격이면서, 조금씩 좋아지고 있다면 그나마 다행이겠죠.

시간이 어느 정도 감정을 둔하게 해 줄 수 있을지도 몰라요. 하지만 조심해야 할 것이 있어요. 지금 내가 덮고 넘어가려는 문제들은 쉽게 사라지는 것이 아닙니다. 지하 창고에 밀어 넣은 잡동사니처럼 당장 눈에 보이지 않을 뿐 없어지지 않아요. 밀쳐 둔 고통스러운 기억들은 나의 일상에까지 영향을 미칠 수 있답니다.

지금이라도 지하 창고의 문을 열어 마음속의 고통을 햇빛 속에 드러내는 것이 어떨까요? 조금만, 조금만 더 용기를 내 보세요. 품고 있는 동안의 고통이 훨씬 더 컸다는 사실을 깨닫게 될 거예요.

"누군가에게 도움을 구하고 싶겠지만, 글쎄 아무도 못 찾겠네요."

의지할 사람이 아무도 없는 것 같아 힘든가요? 상처를 받은 채 외롭게 고통을 끌어안는 것 같습니다. 끝나지 않을 것 같은 아픔 때문에 진이 빠질 거예요. 혼자 지는 짐이 얼마나 무거울까, 얼마나 많은 눈물을 흘렸을까 안타깝습니다.

아마 처음에는 두려움 때문에 혼자 견디려고 했을 거예요. 시간이 지나면서 마음의 벽이 나를 가두어 외로움에 짓눌렸을 거고요. 아무도 내 마음을 알아주지 않고, 내가 얼마나 힘든지도 모른다는 생각까지 들었을지 몰라요.

그러나 이것은 실제 현실이 아닙니다. 마음의 고통 때문에 실제 상처보다 내가 입은 상처가 더 커 보이기 쉬워요. 지금이라도 마음의 문을 열고 도움을 청해 보세요. 나 때문에 나보다 더 아파하는 사람은 세상에 분명히 존재한다는 사실을 잊지 말고요. 부모님, 친구, 나를 돕는 누군가가 함께 고통을 나눌 수도 있어요. 당장 내 눈에 보이지 않는다고 해서 나를 도울 사람이 아무도 없는 건 절대 아니랍니다.

"여기저기서 도움은 받고 있어요. 하지만 마음은 여전히 힘드네요."

혹시 마음을 열었는데 회복이 더딘가요?

그래요. 정말 힘들죠. 노력한다고 하는데도 금방 달라지지 않는 현실 때문에 지치고 힘들었을 거예요. 주변의 기대 때문에 오히려 압박과 부담을 느끼기도 하죠.

"이제 괜찮지? 지금쯤이면 좋아져야 되는 거 아니야?", "아니, 왜 그래? 언제까지 그 일에 파묻혀 있을 거야?" 하는 이야기를 들을지도 몰라요. 그럴 때면 '괜히 말을 꺼냈어. 어차피 남들은 알아주지도 않는데……' 하면서 더 서운하고 위축되기 쉬울 거예요.

제자리로 돌아가려면 시간이 오래 걸리기는 합니다. 그렇다고 회복이 불가능하다는 이야기는 아니에요. 도와 달라고 손을 내민 건 내 일생에서 가장 잘한 일 가운데 하나랍니다. 빨리 좋아져야 한다는 부담감과 괴로운 현실 사이의 답답함마저도 더 나은 미래의 나를 위한 과정이라고 생각해 보세요. 조금만 더 견뎌 보죠. 회복과 평화의 순간이 멀지 않았어요.

"전문적인 상담을 받겠어요. 얼른 회복하고 이제는 즐겁게 살아야죠."

격려와 칭찬의 박수를 보내 주고 싶어요. 꿋꿋하게 이겨 내려는 마음가짐이 대견합니다. 이런 결심이 서기까지 얼마나 힘들었겠어요? 엎치락뒤치락하고, 몇 번 아니 수십 수백 번도 더 포기하고 싶은 마음이 들었겠죠. 하지만 또다시 딛고 일어서는 결단을 반복했기 때문에 여기까지 올 수 있었을 거예요.

아픈 일을 겪는다고 모두가 무너지는 건 아니죠. 살다 보면 이해할 수 없는 시험과 난관이 불쑥 앞을 가로막을 때가 많지만, 하늘은 감당할 수 있는 시험만 허락한다고 하잖아요. 그러니 끝까지 버티고, 힘겨운 상담 과정에서도 포기하지 않기로 해요.

"저만의 치유법을 찾겠어요. 어떤 시련도 꿋꿋이 이겨 내면서 말이죠."

강력한 자신감만큼은 최대한 칭찬해 주고 싶어요. 진흙 밭을 걸어도 자기 모습을 지킬 수 있다면 정말 좋죠.

노파심에서 한마디만 할게요. 이겨 내는 그 힘이 '철없는 자신만만'이 아닌 '확실한 안정감'에서 비롯되었기를 바랍니다. 무식하면 오히려 용감하다고들 하죠. 그러나 진정한 용기는 상황을 냉철하게 인식해야만 솟아날 수 있습니다. 자신의 범위를 넘어서는 문제에 대해서는 외부의 도움을 청하는 것도 필요해요.

씩씩함은 평생의 자산입니다. 쉽지 않은 인생길, 내면의 힘찬 박자에 맞추어 열심히 앞으로 나아가기를 응원합니다.

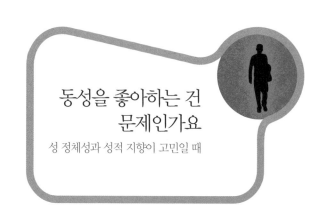

동성을 좋아하는 건 문제인가요

성 정체성과 성적 지향이 고민일 때

형기의 상담 메일

제가 동성애자인 것 같아서 불안해요. 얼마 전에 들었는데 동성애가 정신병은 아니라면서요? 그건 그렇고 실은 제가 동성애자인지 아닌지 거기서부터 알쏭달쏭해요.

성적인 공상을 많이 하거든요. 사춘기 남자애들 다 그렇다지만, 심하게 많은 편이에요. 야동이나 인터넷 소설 같은 걸 본 후로 더 심해졌어요. 수업 시간에 선생님 얼굴 보면서도 이상한 상상을 하고, 밥 먹다가도, 길을 걷다가도 그런 생각에 빠져요. 어떨 때는 제가 여자 역할을 하는 남자가 되어 다른 남자들과 어울리는 상상도 해요.

친구들과 붙어 다닐 때도 이상한 생각이 들 때가 있어요.

어깨동무를 하거나 몸이 닿으면 기분이 야릇해요. 엄청 친한 애가 있었는데요, 제가 그 애한테도 그랬던 것 같아요. 같이 자고 싶고, 한시도 떨어지기 싫었거든요. 주위 애들이 제가 그 애를 좋아하는 걸 눈치 챌 정도였어요. 나중에는 그 친구가 저를 피하더라고요.

그 친구에 대한 마음은 일단 접었어요. 그래도 여전히 동성에 관심이 가네요. 마음에 드는 애가 있으면 자꾸 보고 싶고, 손도 잡아 보고 싶어요. 물론 더 이상한 상상도 하고요.

여자 사귄 적이 없어서 그런가 싶어 여자 친구도 만나 봤어요. 별로 오래 가지 못했어요. 아까 말한 친구보다도 덜 좋더라고요. 여자애들이랑은 오히려 스킨십을 조심하게 돼요. 아예 생각도 없는 건 아니지만 걱정이 앞서서 그래요. 어휴, 머리 복잡해요.

동성애자들은 뇌 구조도 다르다면서요? 혹시 저도 뇌가 동성애 스타일이면 어떡하죠? 그럼 저는 영원히 이대로 살아야 하는 거 아닌가요?

내가 동성애자인지 아닌지 궁금하다면

형기가 언급한 뇌 구조 연구는 제법 유명세를 탔습니다. 일반 남성에 비해 여성과 동성애 남성은 뇌의 어떤 부분이 작다는 게 연구의 결과였습니다. 동성애는 선택하는 것이 아니라 타고나는 것이라는 이론을 뒷받침하는 증거로 자주 인용되었지요. 하지만 이후에 시행된 비슷한 연구들에서는 뇌 자체에 별다른 차이를 발견하지 못했다고 합니다. 이전에 '차이'를 보고했던 연구자들 중 동성애자가 있는 것이 알려져, 연구의 신뢰성이 문제가 되기도 했고요.

사춘기 때에는 짧은 머리에 미소년 같은 매력을 가진 여학생이 인기를 끌고, 예쁘장한 소년이 관심을 받는 경우가 종종 있습니다. 하지만 이 시기에 보이는 동성애적인 감정 가운데 대부분은 실제 동성애와 다릅니다. 실제 동성애 성향을 가진 사람도 사춘기 시절에 처음으로 자신의 성향을 깨닫기는 합니다. 그러나 많은 경우 제한적인 환경 속에서 애정을 쏟을 대상을 찾다가 미소년 같은 여학생이나 예쁘장한 남학생에게 이상형을 덧씌우고 좋아하는 수가 많습니다. 그런 사람들은 시간이 흐르고 다양한 상대를 만날 기회가 생기면서 자연스럽게 이성에게 끌리게 됩니다.

그런데 자기가 동성애자일까 봐 지레 겁을 먹다 보면 점점 더 그 두려움이 커집니다. 나중에는 두려움에 압도되어 사실이 아닌데도 불구하고 사실인 것처럼 느끼기도 하지요. 이 정도가 되면 일종의 강박과 비슷한 증상이 됩니다.

잠재된 동성애적 성향 때문에 고민하는 사람들이 있다면, 권위 있는 동성애 연구자인 데이비드 호킨스 박사의 말을 들어

보세요.

"동성애의 존재 자체는 선택의 문제가 아닌 것 같아 보인다. 그러나 동성애의 표현은 분명히 선택의 문제이다."

이 말의 뜻을 곰곰이 생각하면서 여러분의 생각도 정리해보죠.

여러분은 동성애를 어떻게 생각하나요

"생각만 해도 끔찍해요. 어떻게 동성끼리 그런 짓을⋯⋯."

그 마음은 충분히 이해하지만, 펄쩍 뛰는 그 모습이 오히려 이상할 수 있다는 사실만은 알아두면 좋겠네요. 동성애나 동성애자에 대해 부정적인 태도를 취할 수는 있죠. 그러나 그 정도를 넘어서서 치를 떨 정도로 불쾌해 한다면 '동성애 공포증'에 해당합니다. 정신 분석학 관점에서 볼 때 지나친 혐오는 자기 내면에 있는 욕구를 억누르기 때문에 나타나는 현상이라는데요. 동성애 혐오증을 보이는 사람의 마음 밑바닥에 동성을 향한 욕구가 있다는 거죠. 언뜻 말이 안 되는 것 같으면서도 일리 있는 이야기입니다.

무조건 거부하며 비명만 지르지 말고, 상황을 살펴보는 여유를 갖기를 바랍니다. 혹시라도 내 안에 억압된 마음이 있다면 또렷하게 볼 수 있어야 어떻게 할지 결정할 수 있으니까요.

"그런 거 생각해 본 적 없어요. 괜히 공부하기 싫으니까 별 생각 다 하는 거 아닌가요?"

동성애 문제로 고민하는 이들 중에는 분명히 이 문제에 대해 진지하게 생각하는 친구들도 있겠지만, 단순히 공부하지 않으려고 핑계 삼아 이 생각에 빠져드는 경우도 있습니다. 머리가 터지도록 고민해야 할 다른 걱정이 너무나 많거든요. 나중에 뭐 하고 살지? 어떻게 살아야 할까? 나는 대체 어디서 와서 어디로 가는 거지? 그런 걱정을 하기가 버거우니까 겉보기에는 제법 묵직하지만 자기에게 의미가 별로 없는 생각으로 도피하는 거죠.

도피와 핑계는 동성애에서만 관찰되는 것은 아닙니다. 시험 기간이면 유난히 지저분한 책상이 눈에 들어오는 사람이 있을 거예요. 책상을 깨끗이 정리해야 공부할 수 있을 것 같아서 열심히 청소하죠. 그러다가 정작 공부는 제대로 못 합니다. 시험을 어떻게든 마치고 집에 돌아왔어요. 지저분한 책상이 보이네요. 시험 전처럼 열심히 정리할까요? 물론 아니죠. 아예 책상 자체가 눈에 들어오지 않을 수도 있을 거예요.

그러니 나의 진짜 문제는 무엇인지, 고민해야 할 것들을 고민하는 게 중요하겠죠.

"동성애자, 꽤 많다고요. 개인의 성적 지향과 신념은 존중받아야 한다고 생각해요."

동성애자가 실제로 더 늘어났는지는 모르겠지만, 예전보다 동성애자가 눈에 많이 띄는 건 사실이에요. 그러나 동성애자가 흔히 보인다고 해서 그것이 실제로 늘었다거나 무조건 당연하다고 할 수는 없어요.

성적 지향과 신념은 쉽게 다룰 수 있는 대상이 아니랍니다. "나 이거야, 넌 저거니? 아니면 말고."로는 통하지 않아요. 성적 지향은 가치관에 따라 좌우됩니다. 누구나 자기의 신념을 따라 생활하기 때문이지요. 성적인 지향은 생활의 한 부분이기 때문에 가치관에 영향 받지 않을 수가 없습니다. 자유주의적 성향이나 다원주의적인 사고를 가진 이들이 다양한 성적 지향을 존중하는 것도 그 때문입니다.

아직까지 모든 것이 정립되지 않은 청소년기에는 자신의 가장 기본적인 가치관이 무엇인지를 알아 가는 것이 성적 지향에 대한 고민보다 더 중요할 수 있답니다.

"저 진짜 동성애자 맞아요. 독립할 수만 있으면 언제든 커밍아웃하려고요."

그래요. 알겠어요. 그런데 말이죠, 너무 급하게 결론으로 치닫는 것은 아닌지 걱정되는데요.

이 문제에 대한 판단과 행동은 다양한 경험과 심사숙고의 과정을 거쳐야만 해요. 아직 본격적으로 사회생활을 경험해 보지 못한 상태에서 내가 경험한 게 전부라고 생각한다면 무리지요. 그리고 '커밍아웃'이라는 말은 조심해서 써야 합니다. 진정한 커밍아웃은 실제로 동성애적 성행위를 하면서 살겠다는 결심의 분명한 표현이기 때문에 심사숙고한 뒤 말해야 합니다.

하고 싶은 대로 하면서 사는 게 멋지다고 생각해서 커밍아웃을 말한다면, 하고 싶은 대로 다 하는 게 과연 멋있는 일인지 자문해야 합니다. 지금 졸리니까 자야겠다고요? 그런데 지금 시험을 한참 보고 있는 중이라면 어떻겠어요? 뒷좌석에 가족과 친구들을 태우고 고속도로를 운전 중인데 졸음이 온다고 잠들어 버린다면요?

내 생각을 실천으로 옮기기 전에 조금만 더 신중하게 생각하는 시간을 가져 보세요. 자기가 한 선택을 책임지는 것은 그 누구도 아닌 자신만이 할 수 있는 일이니까요.

"동성애자인지, 이성애자인지, 양성애자인지 헷갈려요. 죄의식만 생기네요."

충분한 사회생활과 대인관계를 경험해 보지 못한 지금 상황에서 성적 지향을 고민하는 것은 시기상조랍니다. 그러니 이 문제로 걱정하면서 미리부터 죄의식을 가질 필요는 없어요.

죄책감을 느끼면 남에게 털어놓지 못할 나만의 비밀이 됩니다. 이 비밀은 스스로를 고립시켜 부정적인 생각에 빠져들게 만들고 외로움을 느끼게 하지요. 외로우니까 사람이 더 그리워지는데 가까이에 동성 친구들밖에 없다면 문제가 뜻하지 않은 방향으로 흘러갈 수 있어요. 그러면 다시 죄책감의 악순환에 들어가는 거죠.

지금의 이 고민은 잠시 미루어도 괜찮습니다. 당장 누가 내게 성적 지향을 결론지으라고 요구하는 것은 아니니까요. 활기차고 성실한 삶으로 멋있는 자아를 찾을 날을 기대하면서 오늘 하루를 기쁘게 살기를 바랍니다.

나가는 글

"인생은 고난을 위하여 났나니 불티가 위로 날음 같으니라."

상담 글을 접으면서 마음 한구석에 차가운 바람이 휙 지나가는 느낌이 들었습니다. 그러면서 떠올랐던 성경의 한 구절입니다. 모닥불을 피워 놓으면 탁탁거리면서 불티가 위로 날아가지요. 인간이 고난을 타고나는 것이 불티가 위로 나는 것과 같은 이치라고 합니다. 아니라고 우기고 싶은 마음이 없지 않습니다. 그러면서도 고개를 끄덕이게 되는 것은 이 말 안에 깃든 깊은 뜻 때문일 테지요.

얼마 전에 만난 여고생이 한 말이 지금도 귀에 쟁쟁합니다.

"선생님, 살기가 왜 이렇게 힘든지 모르겠어요."

그 친구만의 이야기가 아니라서 더 안타까웠습니다. 그동안 만나왔던 사연들을 정리하는 동안 여러 가지 생각이 들었습니다.

'그토록 힘들어한 승우는 잘 버텨 내고 있을까?'

'눈물이 마를 날이 없을 것 같던 은지, 지금쯤은 웃고 있겠지.'

'내 팔자는 왜 이 모양이냐고 탄식하던 민재는 어떻게 지낼까?'

'다들 나이가 몇 살씩 더 먹었을 텐데 그러면서 마음에 힘도 생겼을 테지.'

'외로움을 많이 타던 현우는 친구도 사귀고 여자 친구도 만나고 있 겠지.'

그들의 이야기를 떠올릴 때마다 상처가 먼저 기억납니다. 아프고 힘 들 때 상담실을 두드렸기에 상처가 먼저 생각나는 것이겠지요. 그들 을 보면서 안타깝던 심정도 떠오릅니다. 어떤 위로를 건네야 상처 입 은 마음이 조금이라도 덜 쓰라릴까, 함께 한숨 쉬던 일도 생각납니다.

다행이라면, 상처가 모든 이야기의 끝이 아니라는 것입니다. 상담 을 하다 보면 시간이 잘 갑니다. 시간이 흐르는 동안 저마다 자기만 의 방법으로 상처를 다독이는 모습을 지켜볼 수 있었습니다. 잘 지내 고 있다는 사연을 보내온 친구도 있습니다. 흉터는 남았지만 씩씩하 게 일어나 다시 뛰는 모습을 보여준 친구들도 있습니다. 비만 오면 욱신거리는 통증처럼 고질적인 상처를 안고 있음에도 불구하고 열심 히 산다는 게 무엇인지도 보았습니다. 함께 이야기할 때마다 상처를 숨기지 않고 드러내려 애쓰던 모습도 생각납니다. 치료를 향한 그 노 력에 박수를 보냅니다.

그렇습니다. 힘든 것은 사실입니다. 그렇지만 힘든 것이 쓸데없는 고통으로만 끝나지는 않습니다. 반전의 묘미는 영화나 드라마에만 있는 것이 아니라 우리 삶에도 있는 것이지요.

그래서 상담 시간에 공유하던 이야기들을 다시 한 번 되뇌어 봅니다.

"일희일비하지 말자. 결국 이 또한 지나간다."

"막다른 골목처럼 보이지만, 끝까지 가 봐야 안다. 골목 끝에 샛길이 있을지도 모른다."

"순간적으로는 다 끝난 것처럼 느껴지지만 그렇다고 끝은 아니다. 죽을 것 같다고 죽는 것도 아니다."

퓰리처상을 수상하기도 한 작가 프레드릭 뷰크너는 이렇게 말했습니다.

"신의 은혜는 이런 것이다. 당신이 존재하지 않을 수도 있었지만 당신은 존재하고 있다. 왜냐하면 당신의 삶은 당신이 꼭 있어야만 완성되는 잔치이기 때문이다."

그렇습니다. 여러분의 삶은 그 자체로 소중하며, 여러분이 있기에 세상은 아름답습니다.